異世界
メシまず革命３
～やんちゃ坊主には
揚げたてドーナツ～

加賀見 彰

この作品はフィクションです。
実在の人物・団体・事件などに
一切関係ありません。

Contents

異世界メシまず革命3
～やんちゃ坊主には揚げたてドーナツ～

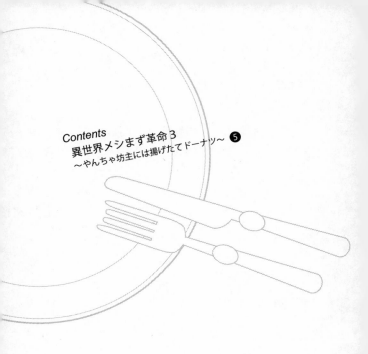

異世界メシまず革命3

～やんちゃ坊主には揚げたてドーナツ～

俺はレイブル王国のサフォーク領主であるストラトフォード公爵家の家令《かれい》のソータだ……じゃねぇ、日本生まれ日本育ちの草薙蒼太《くさなぎそうた》だ。俺は料理人を目指して専門学校に通いながら、実家の老舗旅館の調理場で見習いとして頑張っていたんだ。

あまりにもこっちの生活が濃すぎて、本来の俺を忘れかけた。……いや、もうどっちが本来の俺かわからなくなった？

……おかしいよな？

こっちの世界に飛ばされて、日数的にはまだそんなに経っていないんだぜ。

飛ばされた理由はあれだ。

さんざん苦労させたオフクロを助けるため、あの日、氏神《うじがみ》だという須佐之男命《すさのおのみこと》に頼み込んだのさ。

「俺の命をやるからオフクロを助けてくれ」

「後悔せぬか？」

「後悔はしないっ」

天照大御神《あまてらすおおみかみ》の弟神との交渉によって、俺は根《ね》の国とやらの掃除係になる予定だった。その瞬間、俺は車に轢《ひ》かれそうになった子供を庇《かば》った。

あの時、俺は自分の死をはっきり感じた。

間一髪、子供は助かった。

オフクロも子供も助けられたからいい。

こんな死に方なら悪くないさ、と俺は十八歳の死を受け入れた。母親に構ってもらえない寂しさでグレた俺にしては最高の死に様だ。

けれど、俺は根の国に送られなかった。

「己《おのれ》の身を顧《かえり》みず、子供を助けるとはあっぱれ。お主《ぬし》の崇高《すうこう》な魂を見届けた。根の国の清掃係には惜しい。お主は違う次元に飛ばす」

どうも、俺は試されたみたいだ。なんにせよ、特撮イケメン俳優みたいな須佐之男命に見込まれたらしい。

「……へっ?」

「違う次元に飛び、聖なる魂を助けろ」

「……違う次元?」

「聖なる魂を助ければ、お主に新しい人生を授《さず》けてやる」

青色が混じった銀色の風が吹いた途端、景色が変わった。

ほんの一瞬だった。

俺は須佐之男命の力によって、レイブル王国のストラトフォード城の一室に飛ばされていたんだ。その時、死地《しち》の淵《ふち》を彷徨《さまよ》っていたのが、聖なる魂ことエセルバート・アーヴィング・サフォーク・ストラトフォード様だ。

これがもう……マジにとんでもない世間知らずのお坊ちゃまで、暗殺されかかっても、父親の謀反《むほん》で王位継承権どころか爵位を奪われても、収入を根こそぎ絶たれて借金取りに押しかけられていても、捨て子を次から次へと拾ってはありったけの愛情で育てながら優雅に暮らしていた。レイブル王国で一番の秀才と称《たた》えられ、国王陛下が宰相《さいしょう》に任命したがっているが、脳内に蝶が舞う花畑が広がっていると呆れたのは一度や二度じゃない。

須佐之男命に功績を認められ、元の世界に戻してくれると言われたけれど、俺は子供たちが心配でこの異次元に留まることに決めたんだ。

「このチャンスを逃したら元の世界に戻れないのか？」

「いかにも」

「……いいや、オフクロたちは俺がいなくてもやっていける。けど、ここは俺がいないと駄目だと思う。あまりにもエセルバート様が危なすぎる」

須佐之男命には念を押されたが、俺は強い意志で言い切った。

度を超したメシまずにショックを受けたのもあるが、俺は借金返済のためにストラトフォード城の北塔に宿を兼ねた食堂をオープンさせたんだ。前当主様の謀反という汚名《おめい》を晴らして、税金などの収入が見込めるようになっても、宿を兼ねた食堂をたたむつもりはまったくない。俺が作ったメシを食べてくれる人の笑顔が最高だ。

宰相の座を狙う大貴族の隠謀に巻き込まれ、海賊に拉致されたりしたけれど、留まってよかったと思う日々が続いている。家族を懐かしむ暇はないし、後悔もしていない。

現在、メシまず革命の真っ最中。

レモン革命を果たし、栄養学を確立させたい。

ビタミンは妖精じゃねぇ。

第一章

果てしなく続く青い空は現代日本もレイブル王国も変わらないが、時に異様なものを目にしてしまう。

……あ、俺の目がおかしくなったのか？

いることは間違いない。

ビタミンもカルシウムもカリウムも妖精だと思われたからか？

キャベツ畑に金髪の妖精がいる？

……いや、天使か？

……あ、キャベツ泥棒か？

……違う、キャベツ泥棒よりタチの悪いやんちゃ坊主だ。

貴重なキャベツに何をしやがる、と蒼太は血相《けっそう》を変えて走りだした。背中に赤ん坊を背負ったまま。

「マーヴィン、キャベツ畑で何をしているんだーっ」

蒼太が真っ青な顔で叫ぶと、やんちゃ坊主のボス格であるマーヴィンが目をらんらんと輝かせて言った。

「ソータお兄ちゃん、キャベツの妖精に赤ちゃん」

マーヴィンが小さな手でキャベツを持つと、ほかのやんちゃ坊主たちも収穫前のキャベツに手を伸ばす。

「ソータ兄ちゃん、赤ちゃん」

「ソータにいに、赤ちゃん」

「赤ちゃん、あげるのーっ」

やんちゃ坊主たちはそれぞれ完熟リンゴのような頬で力《りき》むが、蒼太は何がなんだか皆目わからない。ただ、取り扱い要注意軍団であることは確かだ。

「……あ、赤ちゃん？　セアラは元気だ」

蒼太は背負っている赤ん坊のセアラに言及した。わかっているのか、わかっていないのか、定《さだ》かではないが、セアラは嬉しそうに手足をバタバタさせる。

「果物屋のメラニーに赤ちゃん、あげるじょ」

マーヴィンが口にした果物屋のメラニーは、蒼太もよく知っている。出入りの果物屋の店主夫人であり、底抜けに優しくて明るい女性だ。夫婦仲はとてもいいが子宝に恵まれず、孤児たちを自分の子供のように可愛がってくれた。それ故《ゆえ》、マーヴィンたちもメラニーに懐いている。蒼太も無条件で好きになった女性だ。

「……へっ？　メラニー？」

「キャベツの妖精にメラニーの赤ちゃん、頼んでいる」

マーヴィンがキャベツに向かって真剣に祈りだした。倣うように、ほかのやんちゃ坊主たちもキャベツに祈る。

ふざけているわけではないし、騙そうとしているわけでもないと、蒼太は手に取るようにわかった。やんちゃ坊主たちはどこまでも本気だ。

「……あ、あのな……」

蒼太が頬を引き攣らせると、マーヴィンはぷうっ、と頬を膨らませた。

「ソータお兄ちゃんもキャベツの妖精にお願いするじょ。メラニーの赤ちゃん、ちょうだい、って頼んでーっ」

「無理だ」

蒼太が真顔で断言すれば、マーヴィンのつぶらな目が怒りで燃える。金髪碧眼の天使の如き美少年に邪悪な角《つの》が生《は》えたようだ。

「無理じゃないもん」

ほかのやんちゃ坊主たちも愛らしい顔を歪め、日頃は兄と慕っている蒼太を盛大に非難した。

「ソータにいに、めっ」

「ソータ兄ちゃん、めっめっめーっ。悪い子なのーっ」

「ソータにいに、メラニーに赤ちゃん、赤ちゃんあげゆ。キャベツの妖精に頼むでちゅ」

子供心にもメラニーの辛さがわかったのかもしれない。子供好きのメラニー夫婦に子供が誕生しないなど、現代日本と同じように異世界も皮肉に満ちている。父母が切り盛りしていた老舗旅館で頻繁に聞いたが、仲のいい夫婦に限って子供が誕生せず、不妊治療に苦しんでいるという。蒼太はスタッフとともに世の不条理を噛み締めたものだ。

「……まさか、キャベツに妖精が棲んでいると信じているのか？」

……そういえばキャベツに妖精がいるとか、いないとか、言っていたな。

博識のグレアムまで妖精について熱く語りやがった、と蒼太は虚《うつ》ろな目でレイブル王国に定着している妖精神話を思いだした。元宰相の書記官である秀才は栄養学ではなく、ビタミン妖精説を提案したのだ。最初からビタミンという栄養学が理解されないと、諦めている気配がないでもない。

「うんっ」

「キャベツに妖精はいない」

キャベツに妖精が本当に棲んでいたら一年中、収穫できる、と蒼太は心の中で続けた。薄く収穫したてのキャベツの甘さは格別で、塩を振っただけで最高のサラダになった。

焼いたパン生地に生のキャベツとスモークサーモンを乗せ、塩と胡椒《こしょう》を振り、亜麻仁油《アマニゆ》を垂らしたら格別だった。赤ワインソースと特製フォンでじっくり煮た仔牛《こうし》と生のキャベツの組み合わせも美味かった。先月、収穫したばかりのキャベツを使って、自分史上、最高に美味《うま》いロールキャベツを作ることに成功したのだ。

「いるもんっ」

妖精の存在を信じる子供は純真で可愛いが、蒼太はキャベツが心配で笑っていられない。

「いねぇ」

「キャベツの妖精が赤ちゃんを運んでくるんだもん」

「赤ん坊は男と女……じゃねぇ……女の……でもねぇ。赤ん坊の誕生にキャベツは関係ないから忘れろ」

……まだ子供だ。

まだ子供だから、知らなくても当たり前。

現代日本と違ってあちこちにそういったことが氾濫《はんらん》していないし、エセルバート様が性教育していると思えないから当然だ。

ここであれこれ教えたらヤバい、と蒼太は早すぎる性教育を回避した。

いくらなんでも、つい先日まで箒《ほうき》で空を飛ぼうとしていた子供に性教育は早すぎる。

「僕もソータお兄ちゃんもママもパパもキースお兄ちゃんもジョーイお兄ちゃんもダンお

兄ちゃんもアンブローズお兄ちゃんもグレアムお兄ちゃんもキャベツの妖精が運んできたの」

「……違う……そのうちわかる……」

「ソータお兄ちゃん、キャベツ畑の妖精さんにお兄ちゃんのタルトあげて」

「やめろ」

「メラニーは赤ちゃんが欲しいの。僕もメラニーに赤ちゃんをあげたいの。ソータお兄ちゃんの意地悪」

マーヴィンは今にも蒼太に殴りかかりそうな剣幕だ。

「……あ、あのな」

「一緒にキャベツの妖精にお願いしてっ」

蒼太が生まれ育った現代日本と異次元のレイブル王国は、人種も言語も正義も悪もマナーも異なる。衣服も靴もアクセサリーも鞄も建物も乗り物も違えば、国王が頂点に君臨《くんりん》する国の制度や成り立ちも違う。現代日本では存在しない毛玉猫《けだまねこ》なんていうもふもふ系の巨大な猫もいた。

それでも、巷《ちまた》で妖精は見かけない。妖精を見た人物にも会ったことがない。なのに、妖精の存在が信じられている。

いったいこれはどういうことだ？

蒼太の問いに答えてくれる者はひとりもいない。

「……まず、まず、まず、まず、キャベツ畑から出ろ……このキャベツが今年最後だと思うんだ。キースやジョーイたちがレモンガーリック塩焼きそばを食べたがっているから必要なんだ。わかるな」

蒼太はやんちゃ坊主たちに向かって、切々とした調子で言った。さしあたって、キャベツ畑で暴れられたら一巻の終わりだ。やんちゃ坊主という大嵐は避けたい。

「メラニーに赤ちゃん、あげるじょ」

メラニーは優しい淑女だが、口が裂けても若いとは言えない。初産年齢が早い時代では、孫がいてもおかしくない年頃だ。

「赤ちゃんは……メラニーは年齢的に無理……」

「無理じゃない。キャベツの妖精に頼むもん」

「……ま、まぁ、なんでもいいから、キャベツを離せ」

初めてレモンガーリック塩焼きそばを作った時、キャベツは収穫前だったが、辛《かろ》うじて手に入った。あっという間にきつい風が吹くようになり、キャベツの収穫は終えた。入れ替わるように、白菜《はくさい》とは思えないような白菜や巨大な大根が食べ頃だ。

夏には夏の、秋には秋の、冬には冬の収穫物しか手に入らない。それ故、野菜自体の味が濃くて美味しいのだが、蒼太は庭師や大工に依頼して広大な庭園の一角にビニールハウスならぬ薄い布で取り外しのできる屋根や壁付きの畑を作った。その日の季候を見て、薄い布を外したり、つけたりしていたのだ。実験的な意味が大きかったが、ベテラン農夫の援助もあり、キャベツは季節外れでもそれなりに育った。

レイブル王国を攻撃していた海賊討伐《とうばつ》を果たし、王都で勲章《くんしょう》を授与され、帰路についたキースたちの希望がレモンガーリック塩焼きそばだったから、それまでキャベツは塩漬けにせずに保管したかったのに。

「ソータお兄ちゃん、お祈りちてーっ」

「無駄なことはよせ」

「無駄じゃないもんーっ」

ぴょんぴょんぴょんっ、とマーヴィンはキャベツ畑のど真ん中で飛び跳ねた。ほかのやんちゃ坊主たちも同じく。

「……う、うわっ、ここで暴れるなーっ」

蒼太が険しい顔つきで叫ぶと、見計らったかのように涼やかな風が吹いた。聖母マリアが大勢の天使を連れて佇んでいる。

……いや、当主であるエセルバートが子供たちを連れ、いつもと同じように悠然と立っていた。

「ソータ、私の愛し子よ。どうされましたか？」

エセルバートの白い手に抱き締められ、キスされそうになる。

辛うじて、蒼太は素早く後退した。慈悲深い領主の慈愛に満ちた挨拶だとわかっているが、どうにも慣れないし、受け入れられない。

「……エセルバート様、いつも言っているだろう。俺は家令だ。キスもハグもいらない」

「私の可愛いソータ、遠慮する必要はありません」

「遠慮しているわけじゃねぇ」

「私の宝物の笑顔が私の幸せ。いらっしゃい」

聖なる魂の持ち主にとって、ヨチヨチ歩きの子供も十八歳の家令も同じ愛し子だ。蒼太の背中の赤ん坊は嬉しそうに雄叫びを上げる。ばぶばぶばぶばぶばぶばぶばぶーっ、と。

しかし、蒼太は断固として秀麗な当主のハグとキスを拒んだ。何せ、今はそんな場合ではない。

「……そ、そんなことより……エセルバート様の出番だ。俺がここで性教育するわけにはいかねぇ。その自信もない……そ、それが……キャベツを守ってくれ……っと、そうじゃねぇ……」

蒼太は手短に早口であったことを捲し立てた。要領は得ないが、神童《しんどう》と礼賛された国随一の秀才には通じたはずだ。

スッ、と蒼太はキャベツ畑のど真ん中で妖精に頼み込んでいるやんちゃ坊主たちを人差し指で差す。

蒼太の目とエセルバートの宝石のような目が交差した。

わかってくれた。

通じた、と蒼太は思ったのだが。

「神に祈りましょう」

エセルバートは優美な仕草で十字を切ると、ロザリオに口づけた。周りの子供たちも全員、お祈りのポーズを取る。キャベツ畑のど真ん中のやんちゃ坊主たちにしろ、おしゃまな女児たちにしろ、ヨチヨチ歩きの子供たちにしろ、比較的しっかりしている子供たちにしろ、それぞれ、これ以上ないというくらい真剣だ。

「……そ、それかよっ」

以前、やんちゃ坊主が雌鳥《めんどり》の真似《まね》をしながら無精卵《むせいらん》を温め続けても、エセルバートは神に祈った。やんちゃ坊主がイクラを鮭《さけ》にすると口の中にずっと入れていても、やんちゃ坊主軍団が箒や扇などで空を飛ぼうとしても、慈悲深い領主は同じことをほざいた。すべての税収入を掠め取られて借金取りが美術品や年長組の少女たちを売ろうとしていても、宰相の座を切望している大貴族に狙われていても、肝心の当主は何も知らなかった。

頭のネジが確実に一本、外れている。……否、これはもう一本や二本の問題ではない。根本的に何かが違う。

ただ、蒼太がエセルバートに向かって凄めば、子供たちがいっせいに感情を爆発させる。

特にマーヴィンを筆頭にしたやんちゃ坊主たちの怒りがひどい。

「ソータお兄ちゃん、ママをいじめちゃ駄目だじょーっ」

「ソータ兄ちゃん、ママ、めっ、なのーっ」

「ソータにいに、ママ、めっ、めっめっめーっ」

一瞬にして、子供たちによる阿鼻叫喚《あびきょうかん》の嵐だ。煩《うるさ》いなんてものではないが、どんなに注意しても逆効果だとすでに悟っている。

それでも、蒼太は子供たちに向かって怒鳴り返した。

「とりあえず、黙れ。煩いーっ」

果たせるかな、火に油を注ぐだけ。

「ソータ兄ちゃん、天使みたいなのに悪魔みたいーっ」

「リアル天使に言われたくねぇーっ」

「ソータ兄ちゃん、ママと一緒にお祈りーっ」

マーヴィンが特攻隊長のような顔で突進してきた。

蒼太はあえて避けたりはせず、真正面からやんちゃ坊主のボスを身体で受け止める。ガシッ、と。

「この野郎、元ヤン、ナめるな」

「うううううううう～っ、僕はママを守るのーっ」

マーヴィンが真っ赤な顔で蒼太の下肢にしがみついていると、ほかのやんちゃ坊主たちも飛びかかってきた。

あっという間に、蒼太は人間ジャングルジム状態だ。

「腕白《わんぱく》坊主、ママを守りたきゃ、なんでも神に祈る癖を直してやってくれーっ」

「ソータお兄ちゃん、ママと仲良くするじょーっ」

「仲良くしているだろっ」

蒼太とやんちゃ坊主たちの戦いはなかなか決着がつかない。正確に言えば、元やんちゃ坊主と現役やんちゃ坊主の戦いだ。

双方、白旗を掲げる気はまったくない。

ただ、蒼太には圧倒的に時間がなかった。

何しろ、ディナー営業の時間が迫っている。孤児の中で最年長のコーディに呼ばれ、蒼太は自分を取り戻した。

暴れるやんちゃ坊主たちを引き剥がし、厨房に向かって疾走《しっそう》する。当然のように、背中には赤ん坊を負ったままだ。

第二章

異世界に飛ばされた頃、朝は最高に心地よかったが、いつのまにか寒くなっていた。

毎日、蒼太は家令室で誰よりも早く起きて、冷蔵庫もコンロもない厨房に飛び込み、ランチ営業の仕込みをしながら手早く朝食を作る。宿泊客や子供たちに朝食を食べさせ、後片付けをして、洗濯物を干したらランチ営業の準備に取りかかる。この間、ずっと赤ん坊のセアラは背負ったままだ。ベビーベッドに寝かそうとしたら泣くので背負い続けている。

「セアラ、いつになったら歩いてくれるのかな」

蒼太は独り言を零しながら、大きな作業台に載せられている食材を確かめた。出入りの肉屋や魚屋、野菜屋や果物屋、ミルク屋などに注文した食材がきちんと用意されている。

……否、想定外のものがメッセージ付きであった。

「……え？　野ウサギ？　死んでいる？」

予想だにしていなかった野生動物に蒼太は驚愕したが、厨房にやってきたコーディは屈託《くったく》のない笑顔で言った。

「ソータお兄ちゃん、あのね。猟師のおじちゃんが無花果《いちじく》ジャムのお礼だって持ってきたの。猟師のおじちゃんちのおばちゃんもおばあちゃんもお姉ちゃんもお兄ちゃんも無花果ジャムが美味しくって感激した、って」

先日、顔馴染みの猟師に試作品の無花果ジャムをプレゼントしたらとても喜んでくれた。作業台に置かれた野ウサギは無花果ジャムのお礼だ。猟師にとって最高のお礼だとわかっている。どれだけ感謝されているか、よくわかっているけれども。

「……う、ウサギ……原形《げんけい》留めて……うぅ……」

活気のある港町の肉屋や市場では、野ウサギや鴨《かも》、鳩《はと》や鶏がそのまま吊され、販売されている。狩猟民族だとしみじみ実感するが、どうしたって蒼太は慣れない。出入りの業者に頼み、鶏や鴨の羽根は毟《むし》ってもらっていた。今のところ、蒼太のメニューに仔豚《こぶた》や家鴨《あひる》の丸焼きはない。

「ソータお兄ちゃん、どうしたの？」

「コーディは平気なのか？」

蒼太が真っ青な顔で聞くと、コーディはきょとんとした面持ちを浮かべた。

「何が？」

「……そ、その……この野ウサギ……」

「猟師のおじちゃんは野ウサギのシチューにするといいって言っていたよ。けど、ソータお兄ちゃんならもっと美味しい料理にできるよね」

金髪碧眼の美少年ににっこりと微笑まれ、蒼太の頬はヒクヒクと引き攣《つ》った。弟みたいなコーディが狩猟民族の男だと今さらながらに痛感する。

「……そ、そうだな……」

「ソータお兄ちゃん、今日も船乗りがたくさん来たよ。壊血病《かいけつびょう》を治した噂を聞いて、やってきたみたい。時間より早いけれど、入ってもらった」

孤児たちの中で一番年長で賢いコーディは、なくてはならない右腕だ。遊びたいさかりなのに、文句は一言も零さず、率先して業務を手伝ってくれる。壊血病患者を預かっていた病室の担当を任せたら立派にこなした。もっと言えば、コーディだったから壊血病患者たちも素直に従ったのだろう。

「わかった」

コーディは頼りになるが、まだまだ甘えたい盛りの少年だ。愛らしい笑顔で抱きついてきたと思えば、チュッ、と蒼太の左頬に音を立ててキスをする。

「ソータお兄ちゃんの作ったジビエ料理が食べたい。エセルバート様もジビエ料理は好きだよ」

「……おぅ」

蒼太は突然のキスに困惑したが、天日干ししたニンジンを入れた樽型《たるがた》容器を手にしたまま受け入れる。

「ソータお兄ちゃんも」

　エセルバートや頑強なオヤジ連中ならキスを求められても拒否するが、子供相手に拒んだりはしない。蒼太は狼狽《ろうばい》したりせず、慈悲深い領主のような笑顔でコーディの頬にキスを返した。チュッ、と。

　それだけでコーディは最高に幸せそうな笑顔を浮かべる。

　常日頃、弟や妹たちの手前、ママであるエセルバートに甘えることを気兼ねしている長男の悲哀が消えた。

「コーディ、いい子だな。いつも通り、船乗りたちに新鮮な水とデトックスウォーターを運んでくれ。壊血病予防にデトックスウォーターは必須だ」

　作業台の井戸水には大きめにカットしたリンゴや洋梨、大根やカブ、ミントやクランベリーやビルベリーやレモングラスといったハーブを浸け、デトックスウォーターを仕込んでいた。二時間から三時間、漬け込むだけでビタミンやアントシアニン、ペクチン、ポリフェノールなど、重要な栄養素が摂れる飲み物だ。栄養状態の悪い船乗りには是非とも飲ませたい。

　城内の広大なハーブ園のハーブを乾燥させ、大きな瓶や樽型容器で保管している。今まで誰がどんな風にハーブを使用していたのか不明だが、多種多様のハーブが栽培されていたから助かった。

「うん、妖精がいるデトックスウォーターだね」

「コーディ、俺の弟なら妖精はやめてくれ」

蒼太が拝むような目で言うと、コーディは首を傾げた。

「どうして？」

ビタミンはジャガイモにいる妖精か、とコーディはかつて尋ねてきた。未だに誤解は解けていない。それどころか、巷に流布する噂に惑わされている。

「違う。コーディまで何を言っているんだ……って、時間だな。とりあえず、デトックスウォーターを持って行ってくれ」

「うん」

蒼太が寝泊まりしている家令室やエセルバートたちが暮らしている主塔にある厨房から、食堂として解放している北塔の広間まで意外なくらい近い。温かい料理は温かいまま、冷たい料理は冷たいまま提供できる。

依然として人手不足は解消されず、食堂まで料理を運ぶのは子供たちの役目だ。客を案内したり、テーブルごとにオーダーを取ったり、会計する労働力はない。結果、大皿を食堂の大きなテーブルに並べ、客が自分で好きなだけ取って食べるというビュッフェ形式を取っていた。これが成功の要因のひとつだ。サフォーク初どころかレイブル王国初だというビュッフェ形式も瞬く間に評判になった。

今では王都でも蒼太の食堂を模倣《もほう》し、ビュッフェ形式を取るレストランが誕生したという。なのに、肝心の味は勉強が必要らしい。ビュッフェ台に並んでいる料理は、従来の真っ黒になるまで焼いた魚料理やドロドロになるまで煮込んだ肉料理だと聞いた。いい素材をどうして台無しにするのか、蒼太は理解に苦しむ。

メシまず革命の夜明けは遠い。

だが、蒼太の作った料理を美味いとわかるのだから味覚音痴《おんち》ではない。メシまず革命を諦める必要はないのだ。

「バーバラ、キャロライン、芽キャベツとリンゴのサラダとクレソンと西洋梨《せいようなし》のサラダだ。運べるな？」

芽キャベツとリンゴのサラダにはリンゴ酢《す》を使ったドレッシング、クレソンと西洋梨のサラダにはシェリーヴィネガーを使ったドレッシングで和《あ》えた。二種類のサラダをそれぞれ大皿に盛り、食感をよくするために砕いた胡桃《くるみ》やピーカンナッツを散らし、年長組の少女たちに運ばせる。

ヨチヨチ歩きの子供たちには、レンコンのピクルスとカリフラワーのピクルスを運ばせた。目に見えてヨチヨチ歩きが力強くなっているが、人手不足の食堂では貴重な戦力だ。

「……さぁ、白ワインヴィネガーをたっぷり利かせたなんちゃってポテトサラダだ。マヨネーズで和えなくても充分美味《うま》い」

蒼太はボイルした大量のジャガイモを軽く潰《つぶ》し、タマネギやニンジン、リンゴ、干し葡萄や砕いた胡桃をハーブとともに特製ドレッシングで和えた。手軽で評判がいいローズマリー風味のローストポテトも大皿に盛る。

税金の代わりに納入されたジャガイモやニンジン、タマネギの根菜三種は腐敗する前にさっさと使ってしまいたい。ある程度、天日干しにしたけれどもまだ残っている。

「よしっ、ポテトサラダとローストポテトだ。運んでくれ」

大皿に盛ったポテトサラダやローストポテトはしっかりした子供たちに運ばせる。特にやんちゃ坊主たちにはアニスシードのブレッドと松の実のブレッドを無花果のチャツネや薔薇のジャムと一緒に持たせた。つまみ食いを差し引いても、思いの外、やんちゃ坊主たちは役に立つ。

ローストポテトを運ぶ子供の足取りは確かだ。

新鮮な魚介類とペコロスとマッシュルームでマリネを作っていると、コーディが軽い足取りで帰ってきた。

「ソータお兄ちゃん、お客さんがいっぱい来たよ。外国のお客さんが多いから、僕は何を言っているのかわからないけれど、エセルバート様はわかった」

一時、レモンの毒物騒動で客足が遠ざかっていたが、ジェレマイア八世がお忍びでやってきてレモン料理を楽しんだという噂が広まったらしい。再び、客足が伸びている。喉から手が出るぐらいサポートしてくれる調理人がほしい。

「いつも通り、外国のお客さんはエセルバート様に回せ」

すでに蒼太の中には身分制度という垣根も概念もない。人手不足の中、オーブンもフードプロセッサーもない厨房で孤軍奮闘《こぐんふんとう》する料理人のモットーは『立っている者はなんでも使え』だ。何より、王位継承権を持つエセルバートも身分に関しては無頓着だ。周囲の住人や客のほうが恐縮している。

「エセルバート様がお辞儀《じぎ》をするぐらい偉い外国のおじちゃんも来たの。ソータお兄ちゃんの妖精料理を食べるためにお忍びで来たんだって」

一瞬、聞き流しかけたが、聞き流せなかった。

妖精料理など、蒼太は一度も作った記憶がない。

「……料理人冥利に尽きる、って喜べねぇ……その、妖精料理ってなんだ？」

蒼太が木べらを手に尋ねると、コーディは弾んだ声で答えた。

「ソータお兄ちゃんが作るレモン料理が噂になったんだって。壊血病を治す妖精料理だ、って期待しているよ」

今まで蒼太の料理に感動した船乗りが寄港先で宣伝してくれたらしいが、口コミであっという間に広がった。特に米料理と大豆《だいず》料理は珍しいから大評判になったのだ。蒼太は料理人冥利《みょうり》に酔いしれたが、どうもおかしな方向に噂話が一人歩きしている。

……妖精料理ってどんな料理だよ。

壊血病患者を治したのはビタミンCだ。

レモン料理のことか？

ビタミンを妖精だと思い込んでいる奴らが変な妄想をしたのか、と蒼太は心の中で零した。根強い妖精説に頭が痛い。

「……そ、それでエセルバート様はなんて説明しているんだ？　まさか俺が妖精料理を作っているなんて言っていないよな？」

いくらなんでもそんなことは言わない。

けれど、あの浮き世離れしすぎたエセルバート様だからわからない、と蒼太は麗しい領主に対する懸念が大きい。

「エセルバート様がなんて言ったのかわからないけれど、外国の偉いおじさんは妖精料理を楽しみにしているよ」

「妖精料理、ってレモン料理を楽しみにしているのか？」

「ジェレマイア八世陛下からレモンは毒じゃない、って聞いたんだって」

神から統治権を与えられたという君主から話を聞くことのできる立場といえば限られているし、公爵位のエセルバートが恭しい礼儀を払ったのならばさらに絞られる。蒼太の瞼に海に囲まれた島国のレイブル王国と大陸の列強が記された地図が浮かんだ。

「ジェレマイア八世からそんなことを聞く奴って……どこかの王侯貴族かな……うわ……」

「外国の毒物研究家も毒物愛好家も薬師も薬師ギルドの調査隊も来ていたよ。マーヴィンやロニーにキスしてた」

なんにせよ、海外からの来客のお目当てはレモン料理らしい。少し前まで頑《かたく》なに避けられていたレモンが求められるのが不思議だ。

「……今日のメニューにレモンは考えていなかったけれど……ジャムにしたレモンや塩レモンは残っている……あとで使うか……えっと、魚介類とマッシュルームのマリネを運んでくれ」

蒼太は脳内で塩レモンメニューを考えつつ、大皿に盛った魚介類のマリネをコーディに託す。魚介類が新鮮だからシンプルな味付けだけで充分に美味しい。アンズ茸《だけ》やジロル茸など、旬《しゅん》のキノコ群も最高だから、ブロッコリーやタマネギ、塩漬け豚とともに特製ブイヨンで煮込んだら美味だ。塩と胡椒で味を調え、刻んだパセリを散らす。ちょうど年長組の少女たちが帰ってきたから、塩漬け豚の煮込み料理を運ばせた。

「バーバラ、キャロライン、塩漬け豚とキノコの煮込みを運んでくれ。熱いから気をつけてくれよ」

大皿で二皿、年長組の少女たちは慣れた手つきで受け取る。なんというのだろう、容姿は愛くるしいがすでにベテランウエイトレスの貫禄《かんろく》がある。

「……レモン料理目当ての客が多いなら、塩レモンを使った料理を出したほうがいいな……あ、大根の甘酢漬けに塩レモン……砂糖は高いから蜂蜜で作ろう……ピクルスとよく似たもんだがちょっと違うように……くそっ、じっくり漬ける時間がないのが辛いな……即席だ……即席でも大根自体がいいから美味いはず……」

皮を剥いた大根を拍子木《ひょうしぎ》切りにして軽く塩で揉んだ。そうして、蜂蜜や唐辛子《とうがらし》を混ぜたモルトヴィネガーに漬ける。レモンを使ったとわかるように、塩レモンの果肉をトッピングした。即席の甘酢漬けだが、意外なくらい美味しい。

ついでに同じ調味料で白菜や芽キャベツの甘酢漬けも作る。白菜の甘酢漬けには乾燥した赤唐辛子の輪切りを混ぜる。一気に三品、完成した。これが孤軍奮闘する料理人のテクニックだ。

バタバタバタバタッ、というけたたましい足音とともにやんちゃ坊主たちが飛び込んできた。

「ソータお兄ちゃん、妖精のモグモグ、ちょうだいーっ」

マーヴィンが目をキラキラさせて手を伸ばせば、ほかの腕白坊主たちもいっせいに倣《なら》う。

「ソータ兄ちゃん、妖精モグモグ、妖精なの～っ」

「ソータにいに、妖精さん～っ」

「ソータにいには妖精王〜っ」

やんちゃ坊主集団たちから何本もの小さな手が差しだされ、蒼太は面食らったが怒鳴ったりはしない。尾鰭のついた噂が食堂で交わされているのだろう。

分別のある大人や識者に説明しても理解されないのだから、やんちゃ坊主に言葉を重ねても無駄だとわかりきっている。妖精、という言葉はあえて無視した。

「……大根の甘酢漬けと芽キャベツの甘酢漬けと白菜の甘酢漬けを持っていってくれ。トッピングにレモンを使っている」

蒼太が引き攣り笑顔を浮かべ、やんちゃ坊主たちに即席の甘酢漬けを渡した。

果たせるかな、やんちゃ坊主たちは妖精料理だと思ったようだ。それぞれ、つぶらな目にキラキラ星を飛ばして厨房から出て行った。

これだけでどっと疲れた。

……いや、こんなところで疲弊《ひへい》している場合ではない。

一昨日の昼、塩をまぶした巨大なマグロにローリエを張りつけて地下で一晩寝かせた。昨夜、大きな鍋にガーリックとひまわり油をひたひたに注ぎ、一晩寝かせたマグロを弱火でじっくり煮たのだ。まずもって、缶詰では手に入らないジューシーなツナが完成した。

それ故、当初、サラダに使うつもりだったが、チュニジア料理のギョーザとも春巻きとも言われているブリックが作りたくなったのだ。生地を作って寝かせていた。

そうして、今、カッティングした薄い生地に塩胡椒やハーブで味つけしたツナと卵を入れ、包む。その繰り返しだ。

「……一、二、三、四、五、六、七……ブリックを切った時にトロリと流れる半熟卵を味わってほしいけれど、ひとりひとつ行き渡らないよな……あ、でも三十ぐらいできるか？……あ、三十五……四十、できるか？　……うわ、変な力を入れて生地を破るな、俺……」

蒼太は根気よく卵を割り入れ、手早く生地で包んだ。手間暇かかるし、肉体派の船乗りには物足りないメニューだとわかっているが、改心のツナが完成したから作りたくなった。これはもう料理人のサガだ。

ひまわり油でカラリと揚げ、紋章入りの大皿に盛った時、宿泊客のダンがひょっこりと顔を出した。

「ソータ、今日の客には俺の元雇い主がいる」

レイブル王国最強の騎士にはいつもと同じように、おしゃまで愛らしいシンシアがべったりと張りついている。

「元雇い主？　どっかの金持ちか偉いさんか？」

「妖精料理をくれ」

銀の悪魔という異名を持つ天下無双《てんかむそう》の男に、冗談を言っている気配はない。そもそも、冗談を言うタイプでもない。

「ダンまでそんなことを言うのか」

「くれ」

ダンは先払いで宿泊料を払ってくれた気前のいい客であり、先代ストラトフォード公爵の汚名をそそぐために働いてくれた大恩人だが、蒼太にとってはスタッフに等しい。揚げたてのブリックを盛った大皿を差しだした。

「ダン、運んでくれ」

「これは妖精料理か?」

「ブリックっていうか、ツナと卵を皮で巻いた。卵は生焼けじゃなくてわざとトロトロに仕上げたんだ。このトロトロにするのがなかなか難しいんだ。アツアツのうちに食ってほしい。さっさと運べ」

勇猛果敢な騎士もすでに慣れているから反論せず、ツナと半熟卵の包み揚げを盛った大皿を食堂に運ぶ。シンシアには昨夜、焼き上げたアーモンド粉のビスケットを持たせた。今まで作っていたビスケットと違って卵黄や小麦粉、オイルを使用していない。イタリアのビスコッティだが、どんな反応があるか楽しみにしていた。トッピングはピスタチオと木イチゴのジャム、二種類だ。

蒼太は大釜で火を通していたタマネギの詰め物を確認する。

「……よしっ、美味そうだぜ」

タマネギをくりぬき、みじん切りしたタマネギやチーズや卵やベーコンを詰め、バターで焼いた料理だが、こちらも大皿料理ではない。下準備に時間がかかっても、詰め物料理を提供したくなったのだ。仕上げの塩と胡椒を振る手には妙な達成感があった。

卵料理は野菜やキノコ、魚介類を混ぜたボリュームたっぷりのオムレツ料理だ。ソースはホワイトソースと赤ワインソースの二種、用意した。これでオムレツ料理もふたつの味が楽しめる。

大皿にオムレツを盛り、ソースをかけていると、宿泊客である吟遊《ぎんゆう》詩人のアンブローズが顔を出した。

「ソータ、可憐な妖精に会わせてほしい」

すでに聞き慣れた吟遊詩人独特の言い回しだが、蒼太は赤ワインソースをぶちまけたくなってしまった。

「アンブローズ、つまり妖精料理のリクエストか?」

「英邁《えいまい》なるジェレマイア八世陛下の御世《みよ》であっても、妖精王にしかできないことがある」

一瞬、何を言われたのか理解できず、蒼太は気抜けした面持ちで聞き返した。

「……よ、よ、妖精王?」

「米革命も大豆革命もオレンジ革命もココア革命も遠い過去としてセピア色に霞んだ。妖精王の妖精革命に我らは胸を躍《おど》らせている」

アンブローズは厨房でキザなポーズを取ったが、いつにもまして陶酔《とうすい》しきっていた。もちろん、蒼太は感動できない。

「……まさか、妖精王って俺のことじゃねぇよな？」

「黒い瞳の妖精王は愛らしい」

チュッ、とアンブローズに投げキッスを飛ばされ、蒼太は渾身《こんしん》の右ストレートを繰りだしそうになった。

だが、そんな余裕はない。

「……く、くだらねぇことを言っていないで、タマネギの詰め物を運べ」

アンブローズもダンと同じように長期宿泊料を先払いした気前のいい客だが、人手不足の食堂ではスタッフのひとりだった。問答無用で大皿に盛ったタマネギの詰め物料理を運ばせる。いったいどんな詩をつけ、タマネギの詰め物料理を客に出すのか、興味はあるが、聞いている暇はない。

入れ替わるように、宿泊客のグレアムが現われた。

「ソータ、折り入って話がある」

端整な文人の表情を見て、蒼太にいやな予感が走った。

「妖精料理を作れ、とかグレアムまで言わないな」

「さすが、わかりますか？」

「グレアムまでいい加減にしてくれ。妖精じゃなくてビタミンだって言っただろう」

自分では無理でも元宰相の書記官として認められていた秀才ならば、壊血病を治癒《ちゆ》した理由がビタミンだと広めてくれるだろう。蒼太はそう期待していたのだが。

「……妖精ではないのですか？」

「……おい」

「以前も申した記憶がありますが、妖精のほうが納得できる」

「……違う……って、ああ、もうオムレツを運んでくれ」

グレアムもダンやアンブローズと同じように長期宿泊費を先払いした客だが、蒼太にとってはスタッフだったし、ビタミンを広める係だった。愚痴を零したかったが、ぐっと堪えてオムレツを運ばせる。

気を取り直し、牛肉とマッシュルームやしめじを炒めていると、コーディが空の大皿を手に戻ってきた。

「ソータお兄ちゃん、お客さんたちは美味しいって大喜びしているよ。外国のお客さんたちは泣いている」

客の反応を聞き、蒼太は心の中でガッツポーズを取った。これで妖精云々《うんぬん》に関する鬱憤《うっぷん》が吹き飛ばされたような気分だ。

「コーディ、いいタイミングだ。牛肉とキノコの炒め物ができた」

「妖精はどこにいるの？」

コーディに真剣な目で覗き込まれ、蒼太は鉄板の火加減を確認しながら言い放った。

「俺の弟なら妖精は考えるな」

「どうして？」

コーディの無垢な目が切ない。

純な子供の夢を壊してはいけないのだろうか。

大人げないのはこちらなのだろうか。

頭ごなしに言っても駄目だよな、と蒼太は心の中で噛み締めつつ、聖母マリアの如きエセルバートを意識し、宥めるように優しく言った。

「……あ、妖精は料理にはいない。コーディの心の中にいるよ」

自分で言っておきながら、蒼太は鳥肌が立った。いったい俺は何を言っているんだ、と。

「アンブローズお兄ちゃんみたいなことを言うんだね」

コーディにあっけらかんと指摘されたように、気障な吟遊詩人が浸りきったポーズで口にしそうだ。

「……アンブローズなら言いそうだ……まぁ、牛肉とキノコの炒め物を運んでくれ。今のキノコは格別だ」

「うん」

コーディと入れ替わりにヨチヨチ歩きの子供たちが戻ってくる。口々に『妖精』を連呼《れんこ》するが、蒼太は作り笑顔で無視して、ひよこ豆の粉で作ったホウレンソウとチーズとピーカンナッツの甘くないケーキを持たせた。

しっかりした子供たちにはミートボールとキノコのピラフを運ばせる。

妖精の真似をしながらやってきたやんちゃ坊主たちには、茹でた大豆を塩レモンで味付けしたシンプルな大豆料理を持たせた。妖精の真似をするたびに皿から大豆が転げ落ちるが、もはや注意する気にもなれない。

「キャロライン、バーバラ、唐揚げを運んでくれ」

船乗りが多いことはわかっているから、ガッツリ系のメニューは必要だ。定番中の定番と化した唐揚げを大皿に盛った。トッピングは塩レモンだ。

ついでというわけではないが、豚肉と大豆の天麩羅《てんぷら》もカラリと揚げ、塩レモンを添えた。肉の揚げ物は剛強な男たちの胃袋を満たすはずだ。

塩レモンで作ったガーリックパスタや塩レモンピラフのコロッケも、ストラトフォード公爵家紋章入りの大皿に盛って運ばせる。大量に作っていた塩レモンが役に立った。

「ソータお兄ちゃん、サクサクしてふわふわしてトロトロしているパイみたいなの、お兄ちゃんたちが取り合いしたけれど、唐揚げやミートボールのライス料理で仲直りしたよ」

「……やった。ブリックは好評だったんだな」

コーディから客の様子を聞く限り、そろそろデザートで幕を下ろしてもいいようだ。けしの実のスフレを作る予定だったが、急遽、鉄板で胡桃オイルを使ったスポンジを焼き、地下の貯蔵室で保管していたレモンカードを塗ってロールケーキにした。塩レモンの果実とミントを添える。

予定通り、リコッタチーズと洋梨のトルテは焼いた。まずもって、旬の洋梨を使わない手はない。洋梨とリコッタチーズは禁断と称しても過言《かごん》ではない組み合わせだ。

コーディや年長組の少女たちに、レモンカードのロールケーキやリコッタチーズと洋梨のトルテを運ばせる。おしゃまな女児たちには栗のジャムを使ったビスケットや粉チーズをまぶした塩レモン味のプリッツだ。

蒼太はヘーゼルナッツのプディングを盛った大皿を持ち、食堂である大広間に向かった。恒例となったシメの挨拶だ。

妖精だの、妖精王だの、なんだの、言われてもブチ切れるな、と蒼太は覚悟してから足を踏み入れる。

その途端、客でいっぱいの大広間に歓声が沸き起こった。確かめるまでもなく、今日のランチは外国人のほうが多い。

「ようこそいらっしゃいました。料理長の蒼太です」

蒼太が爽やかな笑顔を浮かべて挨拶をすると、エセルバートが艶然《えんぜん》と外国語で通訳した。

それも朗々と響く声で六カ国の言語に直している。母国語を含め、七カ国語の言語に精通している秀才だ。

異国の客が何を言っているのかわからないが、提供した料理に満足してくれたことはよくわかる。感激し、涙を流す客も少なくない。

だが、妙な胸騒ぎがした。

案の定というか、王都からやってきたという貿易商人に真剣な顔で頼まれてしまった。

「ソータ、ビタミンという名の妖精を売ってほしい。金はいくらでも出す」

蒼太はあまりにあまりな依頼に愕然としたが、辛うじて怒鳴ったりはしなかった。何しろ、背中に赤ん坊を負っている。

「……だ、だからビタミンは妖精じゃねぇ」

蒼太が掠れた声で否定しても、王都の貿易商人は納得しなかった。

「ビタミンという名の妖精だろう？」

「違います」

「ソータはビタミンという名の妖精と交渉し、毒物だと思われていたレモンを壊血病の特効薬に変化させたのだろう？」

レイブル王国のみならず列強各国でも、レモンが毒物だと思い込まれていたというから驚愕した。レモンジュースやレモンの蜂蜜漬けは言うに及ばず、焼き菓子に使っても拒まれたから困惑したものだ。もちろん、それぐらいで蒼太は屈したりはしなかった。知恵を絞ってレモン革命を推《お》し進めたのだ。

君主であるジェレマイア八世がお忍びでやってきてレモン料理を食べたこともあり、レモン革命はまずまずの成果を上げている。

……はずなのだが。

レモン毒物説は消えても、ビタミン妖精説は消えるどころか広まるばかり。

「全然、違いますっ」

「……では、王都の学者が唱《とな》えていたように、ビタミンという名の妖精が元々、レモンに棲《す》んでいたのだね。ソータがビタミンに交渉して、壊血病患者を助けてもらったのだね」

「それも全然、違いますっ」

「ストラトフォード公爵の料理人が米革命や大豆革命に留まらず、オレンジ革命もココア革命も果たし、壊血病患者を治癒させた理由は妖精使いだからだと聞いている。もう隠すことはないよ」

寄港《きこう》した船乗りは蒼太の料理に感激し、あちこちの港で宣伝してくれる。結果、口コミにより各国の船乗りのみならずお忍びの王侯貴族や富裕層、商人が蒼太の作る珍しい料理を楽しみに遠路はるばるやってきた。

先日、不治《ふじ》の病と恐れられていた壊血病患者を治癒した噂は電光石火の速さで広まったらしいが、予想だにしていなかった方向に噂話が一人歩きしていた。子供たちが『妖精』を連呼していたわけがよくわかる。

「……だ、だから、俺は妖精使いじゃねぇ。料理人兼家令だ」

蒼太はありとあらゆることを引き受けているが、妖精使いという肩書きはない。キャベツに妖精がいると思ったこともない。

「レイブル王国の料理は豚の餌《えさ》より不味《まず》いと美食の国に馬鹿にされてきたのに、今ではサフォーク港のソータの料理が列強で大評判だ。どの港でもソータの料理の噂で持ちきりだよ。革命料理を連発している理由はソータが妖精使いだからだ、とね」

「違います。俺は妖精なんか見たことも触れたこともありません」

「魔女裁判は遠い昔の話だ。妖精使いだからといって火刑になったりはしない。安心したらどうだね」

どうやら、王都からやってきた貿易商人は大きな誤解をしている。傍らでは秘書官や護衛の騎士が同意するように相槌《あいづち》を打っていた。全員、蒼太の作った料理を堪能した客たちだ。

「……だ、だから、何度も言わせるな。俺は……」

蒼太の言葉を遮るように、貿易商人は言い放った。

「不治の病に冒されていた患者もソータは救った。妖精使いの証拠だよ」

妖精使い、というイントネーションが独特だ。そこはかとない尊敬が含まれている。

ばぶっばぶばぶっ、と蒼太が背負っていた赤ん坊が肯定するように返事をした。妖精のように可愛らしい赤ん坊だ。

「……だ、だから、妖精じゃねぇ。ビタミンだ。壊血病はビタミンCをたっぷり摂ったら治るんだ。俺は壊血病患者にビタミンを摂らせただけだ」

蒼太は背中の赤ん坊をあやしつつ、王都の貿易商人に切々と語りかけた。

栄養学が確立されていないことは明白だが、度を超した妖精神話がひどすぎる。やんちゃ坊主たちのキャベツ畑の一件以来、出入りの業者や常連客にさりげなく尋ねたが、老若男女、キャベツに妖精が棲んでいると信じているから仰天した。城内の図書室を確認すれば、妖精に関する分厚い蔵書が何冊も並んでいたから参った。筆書に男爵だの子爵だの、爵位持ちの貴族がいたから途方に暮れた。

「だからこそ、ビタミンという妖精を譲ってほしい。どの船でも壊血病という悪魔に苦しめられています。どうか不治の病に冒された船乗りを救ってください。この通りです」

貿易商人に悲痛な面持ちで懇願され、蒼太は面食らってしまう。壊血病患者を助けたい気持ちは痛いぐらいわかるから。

「レモンやオレンジやライムやパセリや苺や……今なら大根や白菜とか、そういったものを生で摂る。……レモンは金をかければ今でも手に入る。毎日毎食、摂り続ける。それで壊血病は治ったぜ」

「……あ、どう頼めばいいのか……ビタミンという妖精が棲んでいる果物を譲ってください。私が用意した果物にビタミンという妖精を移住させてもらえばいいのですか？」

「……妖精っていう思い込みを捨ててくれ」

もう何からどのようにどうやって説明したらいいのか、皆目、見当がつかない。蒼太は揺るがない妖精信仰に頭を抱えた。

「稀代《きだい》の妖精使いよ、誤魔化さなくてもいい。結果がすべてを証明している。どうか、壊血病患者を助けるビタミンという名の妖精を譲ってほしい」

ドンッ、と目の前に金貨が詰まった袋をいくつも置かれた瞬間、蒼太の中で何かが盛大にブチ切れた。

「……う、いい加減にしてくれーっ」

蒼太が険しい顔つきで怒鳴った時、怯えもせずに迫力満点の大男が勇猛果敢にも口を挟んできた。

「ソータ、取り込み中、すまない。俺はシャーロット号のヘクター艦長と昔馴染みの船乗りだ」

エセルバートが所有しているシャーロット号のヘクター艦長は無骨だが、情に厚く誠実な男だ。蒼太はヘクター艦長の昔馴染みと聞いただけで信用してしまう。王都の貿易商人への怒りが一気に鎮静化された。

「……よ、ようこそいらっしゃいました……ヘクター艦長から海の男についてはよく聞いています」

「……どんな風に？」

蒼太は満面の笑顔を浮かべると、がばっ、と逞しい船乗りに抱きついた。

間髪を入れず、抱き締め返してくれる。

「海の男に言葉はいらない。抱き締めればすぐにわかる、ってヘクター艦長に聞いています」

海の男がどれだけ口下手か、エセルバート所有船の船乗りたちでよくわかった。愛想の欠片もないが、真っ直ぐな熱血漢ばかりなのだ。王都に向けて出航したが、蒼太は長期保存ができる食事を持たせた。ヘクター艦長一行は喜んだが、蒼太は満足していない。もっと美味しくて栄養価の高い長期保存食を研究中だ。

「ヘクター艦長らしい教えだぜ。俺もソータがどんなにいい奴かわかる」

「俺もあなたがどんなにいい船乗りかわかります」

これでわかり合えたと思った。

わかり合えたと思ったのだが、次の瞬間、蒼太の目の前に暗幕が下りた。

「頼む、妖精を貸してくれ」

一瞬、何を言われたか理解できず、蒼太は怪訝な顔で聞き返した。

「……は？　妖精？」

「……あれだ。うちの船にも壊血病にやられた仲間がいる。本人も助からないと諦めているんだが……ソータの噂を聞いて……」

「壊血病は不治の病ではありません。助かります」

蒼太が額に青筋を立てて力むと、頑健な船乗りは大きく頷いた。

「……ああ、ソータがストラトフォード城に病院を作って、壊血病患者を治したと聞いた。ソータから妖精をもらった船は壊血病にやられないとも聞いた」

壊血病患者の治療のきっかけは、ヘクター艦長の昔馴染みであるアルテミス号の艦長の来店だった。余命幾《いく》ばくもないアルテミス号の乗組員が、最期に蒼太の料理を食べたがったという。誰もが不治の病だと諦めていたから蒼太は燃え上がった。食堂の隣に壊血病患者を預かる部屋を作り、レモンジュースやレモンの蜂蜜漬けを摂らせたのだ。

当初、壊血病患者たちはレモンを拒んだが、子供たちには逆らえずに受け入れた。コーディを始めとする子供たちは最高の看護師だった。

「壊血病は治ります。不治の病ではありません。妖精も関係ない」

ペットボトルも缶詰もレトルトパウチも冷蔵庫もないとはいえ、航海中の食糧事情の悪さは命を落としかねない。壊血病のほかにも恐ろしい病魔に苦しめられている。ただ、食糧事情さえ改善できれば、助かる命は増えるのだ。それだけは間違いない。

「妖精使い、ってバレると危険だと知っているが、この通りだ。妖精を貸してくれ」

藁《わら》にも縋《すが》る思いで寄港した、とその目は雄弁《ゆうべん》に語っている。背後には見るからに船乗りだとわかる一団がいた。

「……だ、だから、俺は妖精使いじゃねぇーっ」

本日、何度目かわからない蒼太の絶叫が響き渡った。

ビタミンという概念がない人々に、どうやって理解してもらえばいいのだろう。レモン革命は順調だが、栄養学の確立はまだまだ遠い。

毎日、ノルマのように妖精使いに対する依頼が入るが、蒼太は構っていられない。忙しくてそれどころではないのだ。

「……キース、ジョーイ……さっさと戻って来い……さっさと……」

隻眼《せきがん》の悪魔として恐れられていた海賊のキースや仲間のジョーイたちは、今ではエセルバートお抱《かか》えの海兵隊だ。宰相の座を狙った大貴族や海軍内における工作によって海賊に堕《お》ちたとはいえ、その罪は明らかだった。

しかし、キースたち一派は罪を問われなかった。レイブル王国を襲撃するロレーヌ帝国出身の海賊を捕縛するために。

期待通りにロレーヌ帝国出身の海賊を捕縛し、国王と海軍元帥に引き渡し、勲章を授与《じゅよ》されたという知らせが届いた。サフォークに向かっているはずだが、なかなか帰ってこない。蒼太は一日千秋の思いで海の男たちを待った。弟子《でし》のジョーイがいれば、洗い物ぐらいは任せられる。子供好きだから赤ん坊も背負ってもらえるのだ。

……いや、もっと切羽詰まった問題にブチ当たっていた。

昨日、ちょっとしたことで気づいたのだが、客用に焼いていたカリンのビスケットや松の実のビスケット、マルメロのビスケットがなくなっている。客用に焼いていたポテトのマフィン、やけしの実のマフィン、ライチョウとフェタチーズの甘くないケーキもなくなっていたから焦った。よくよく調べてみれば、マーマレードや無花果のジャムの瓶が消えている。プラムのチャツネも見当たらない。

さくらんぼ酒やリンゴ酒、葡萄酒など、アルコール類はまったく減っていなかった。子供たちが嫌った固く焼いたビスケットや薄いパンも手はつけられていない。

予想できるのはひとつしかない。

すなわち、やんちゃ坊主たちのつまみ食いだ。

「……マーヴィンやビリーたちならありえる。あいつらはいっぱい食わせていても盗み食いする……けど、つまみ食いにしては多すぎるよな？　……あれ？　……長期保存用として試験的に作っていたバターケーキもラードのケーキもない？　……え？　マカデミアナッツオイルで作ったドライフルーツケーキもコーンミールで作ったカボチャのマフィンもアーモンドのプリッツもないのか？」

厨房だけでなく冷蔵庫代わりに使っている地下の貯蔵室、倉庫も改めてチェックすると、あるはずのものがない。

「……いくらなんでもつまみ食いにしちゃあひどすぎる。あいつら、俺が作ったメシを三食きっちり、おやつも食っているし、お客さんからもらった差し入れも食っている……そのわりに太っていない……もしかして、動物でも拾ったのか？」

在りし日、蒼太は捨て猫を隠れて飼っていたが一日も経たないうちに見つかり、両親にこっぴどく怒られた思い出がある。

結果、蒼太は捨て猫を抱いて家出した。土砂降りの雨の中、抱いていた猫が衰弱し、泣きじゃくったものだ。猫好きのベテランスタッフが引き取ってくれたが、蒼太は悲しくてたまらなかった。両親に対する反発を深めた要因のひとつだ。

蒼太は倉庫として使っている部屋の窓から、どこまでも続いているかのような庭園を眺めた。葡萄園のほうからマーヴィンたちの溌剌《はつらつ》とした声が、鳥のさえずりに重なるように聞こえてくる。動物好きだから、捨て犬や捨て猫を見つけたら拾ってしまうだろう。

「……いや、待て……マーヴィンたちの性格なら犬や猫を拾っても堂々とエセルバート様に言うよな？　エセルバート様も許すはずだ……う～ん、どういうことだ？」

乳飲み子であれ、ヨチヨチ歩きの幼児であれ、城門に捨てられていた子供をエセルバートは全員引き取り、愛情たっぷりに育てている。子供たちが拾ってきた動物も大きな心で受け入れるはずだ。

蒼太が空《から》っぽの樽型容器や籠《かご》の前で悩んでいると、ダンがひょっこりと顔を出した。珍しく、シンシアは張りついていない。

「ソータ、頼みがある」

精悍な騎士の表情を見た瞬間、蒼太は頼み事が想像できる。怒鳴りたかったが、こちらも相談したいことができたから堪えた。

「ダン、妖精を貸せとか、妖精を売れとか、そういう話なら聞かない」

「よくわかるな。俺の元雇い主から頼まれた」

ダンに真剣な目で頷かれ、蒼太は溜め息をつきながら空っぽの樽型容器を棚に置いた。

「俺は妖精使いじゃねぇ。元雇い主とやらに言っておけ」

「妖精使いじゃないのか？」

「ダンまでそんなことを言うな」

蒼太は大股で近寄り、ダンの逞しい肩を勢いよく叩いた。身近な騎士の誤解を解かなければ、噂にはますます尾鰭がついてしまう。

「ソータが妖精使いだとしたら納得する」

「妖精を見たことがあるのか？」

ないだろう、と蒼太が探るような目で尋ねると、歴戦の騎士は口元を軽く歪めた。

「妖精は一度も見たことがないが、自称・妖精使いなら見たことがある」

「自称・妖精使い？　詐欺師《さぎし》みたいな奴か？」

食堂には各国から様々な職業に従事している客がやってくるが、未だに妖精使いは見たことがない。蒼太には悪いイメージしかなかった。

「敵を動揺させるため、妖精使いを雇う貴族は多い」

ダンの口から聞く戦法に、蒼太は唖然としてしまう。

もっとも、呪術合戦は古代から二十世紀の大戦でも密かに繰り広げられていたと、老舗旅館の常連客から聞いていた。太平洋戦争時、そういった術者が集められ、米国調伏《ちょうぶく》の呪いをかけようとしたが、祭壇の火が返されて失敗したという。その場に居合わせた関係者は、最初から日本の敗戦を予感したらしい。

それが実話で敗戦を予想していたならどうしてあんな焼け野原になるまで戦ったんだ、と若い蒼太が素朴な疑問を持ったものだ。

「馬鹿らしい。そんな手に騎士は引っかかるのか？」

蒼太が怪訝な顔で聞くと、ダンは切れ長の目を細めた。

「動揺する奴もいた」

「馬鹿だ」

得体の知れないスピリチュアルヒーラーに大金や時間を注ぎ込み、すべてを失った人の話は枚挙に暇がない。メディアで取り上げられている霊能力者や宗教家に入れ込み、破産した常連客も少なくはなかった。

「元雇用主からの情報だ。ストラトフォード公爵の家令が妖精使いだと知り、ブラッドロー元帥《げんすい》は神経質になっているらしい。気をつけろ」

本題とばかり、ダンはトーンを落とした声で一気に言った。心なしか、周りの空気がひんやりとする。

「……ブラッドロー元帥？　……あ、聞いたことがある。前の当主の後に陸軍元帥になったオヤジだな？　威張《いば》りまくっていやな奴なんだろう？」

食堂の客たちが交わす会話により、いろいろな情報が蒼太の耳に飛び込んでくる。先代のストラトフォード公爵の後、陸軍元帥の地位に就いたブラッドローという貴族の評判はすこぶる悪い。国内外の商人や船乗り、書記官も悪《あ》し様《ざま》に罵っていた。

「前から思っていたが口が悪いな」

可愛いツラをして、とダンの鋭い目は雄弁に語っているが、蒼太は全力で無視した。そんなことに時間はかけられない。

「……それで、そのブラッドロー元帥がなんだって？　エセルバート様に罠を仕掛けそうなのか？」

人の欲望には際限がない。権力者であっても、さらなる大きな権力を望む。先代ストラトフォード公爵を貶めた件といい、現ストラトフォード公爵に仕組まれた件といい、蒼太は骨の髄まで人の欲深さを痛感した。

「先代公爵の汚名は晴れた。現公爵が陸軍元帥の座を求めないか、ブラッドロー元帥はピリピリしているらしい」

エセルバートの実父はレイブル王国最強の騎士と褒め称えられた。しかし、エセルバートはスプーンより重いものを持ったことがないような文官だ。ジェレマイア八世もエセルバートを宰相に任命しようとしたが、王宮警護や近衛など、軍関係の地位には一言も言及しなかった。

「……大馬鹿」

蒼太が惚けた面持ちで言うと、ダンも真顔で頷いた。

「俺もそう思う」

「あのエセルバート様が元帥？　マーヴィンたちが騎士になることさえ大反対しているんだぜ」

やんちゃ坊主たちは『パパ』と呼んで慕った先代のストラトフォード公爵のように、騎士を目指したが、エセルバートは阻もうとしている。キースたちが海賊討伐に出る際も止めようとしたから呆れたものだ。度を超した平和主義は身を滅ぼす。

「領地の問題もあるから仕方がないさ」

「領地の問題？　どんな問題があるんだ？」

蒼太が食い入るような目で聞くと、ダンは仏頂面でポツリと答えた。

「コートネイだ」

「だから、口下手野郎め。ちゃんと説明しろ。わけがわからねぇ」

記憶が正しければ、今までコートネイといった言葉は聞いたことがない。瞼にレイブル王国やサフォークの地図を浮かべたが、コートネイは思いだせなかった。

「先代の謀反から二年か、三年経った頃、ストラトフォード家はコートネイを取り上げられた。議会はコートネイをブラッドロー元帥に与えた」

エセルバートの父親である陸軍元帥は国内最強の騎士として雷名を轟かせていたが罠に落ち、反逆者として処刑された。跡取り息子であるエセルバートはジェレマイア八世の学友であったから処刑は免れたが、王位継承権の剥奪など、多くの名誉を奪われたのだ。もっとも、エセルバート本人は優雅にのほほんとしていたが。

「……おい、言葉が足りない。コートネイってなんだ？」

「元ストラトフォード公爵領だ」

「エセルバート様の土地だったのか？」

「ああ」

「……そんなの、汚名は晴れた。そのコートネイはエセルバート様に返せよ」

蒼太が当然の権利を主張すると、ダンは軽く笑った。

「お前なら言うと思った」

「ブラッドロー元帥はそのコートネイっていう土地をエセルバート様に返したくないのか？」

食堂で聞くブラッドロー元帥は国王や会議など、上には媚びへつらうが、部下は道具のように扱うらしい。強欲さではしたたかな商人も舌を巻くと零していた。とにかく、評判が悪い。先だって、エセルバートに罠を仕掛けた第二王子の元後見人のように。

「ああ」

「エセルバート様から一度もコートネイについて聞いたことがない」

コートネイのみならず自身の領地に関し、エセルバートは触れたことがなかった。そもそも、絶たれた税収入に関しても把握していなかったのだ。

「そうだろうな」

「エセルバート様はコートネイを忘れているのか？　忘れていないよな？　ブラッドロー元帥に気兼ねしているのか？」

頭がいいから自分の領地ぐらい覚えているはず、と蒼太は心の中で力んだが、どうにもこうにも不安がつきまとう。

「知らん」

「ジェレマイア八世陛下はなんて言っているんだ？」

身分がものをいう時代の国だから、何事も君主の一言で決まるといっても過言ではない。

つまるところ、この問題、エセルバートの頼りはジェレマイア八世しかいない。

「知らん」

「ブラッドロー元帥はそのコートネイを返したくなくて、エセルバート様に罠を仕掛けそうなのか？」

蒼太がありえる予想を口にすると、ダンは闘う男の目で答えた。

「知らん……ただ、公爵の家令が妖精使いだと知ってピリピリしだしたらしい。元雇用主からの情報だ」

ブラッドロー元帥はエセルバートが妖精使いを雇用し、臨戦態勢を取ったと誤解したのかもしれない。一人歩きした噂がさらにおかしくなってしまった。

「俺が妖精使いじゃない、って広めてくれ」

「俺には無理だ」

「俺が本当に妖精使いなら塩レモンを作る前にコートネイがエセルバート様の領地に戻っているさ」

俺にそんな力があったらもっと前にコートネイを取り戻している、と蒼太は心の中で毒づいてしまう。

それこそ、ビニールハウスも作り、キャベツを栽培している。何より、醤油《しょうゆ》を作っている。醤油があるか、ないかで、料理のレパートリーがまったく違うのだ。醤油麹《こうじ》さえあれば、いい大豆があるから醤油造りができる。それなのに、醤油麹は手に入らない。微生物を使って醤油麹を造る技量が蒼太にはなかった。

「それもそうだな」

「コートネイを取り戻したいが、今取り戻しても統治する余裕がない」

蒼太は一呼吸置いてから、強張った顔つきでダンに語りかけた。

「……それより俺の作ったメシがなくなっている。なんだと思う？」

蒼太の思い詰めた目に思うところがあったのか、ダンは鋭い双眸を軽く細めた。棚に並べられた瓶や樽型容器を一瞥する。

「ネズミ？」

ダンの想像力を詰る気は毛頭ない。蒼太は大きな息を吐いてから、空っぽの樽型容器や籠をダンに見せた。

「ネズミとは思えないくらいなくなっているんだ」

それもやんちゃ坊主たちが好きそうなものばかり、と蒼太は心の中で続けた。

「盗賊か？」

無敵の騎士は子供たちのつまみ食いだと思っていない。

「盗賊なら金になりそうな美術品を狙うんじゃないか？」

ストラトフォード公爵家紋章入りの調度品《ちょうどひん》ならば売りさばいたら足がつく。だが、城内には紋章が刻まれていない逸品《いっぴん》も多かった。さりげなく置かれている美術品にも、宿泊客の美術商人たちは感服していたものだ。

「妖精料理なら金になる」

ダンに真摯な目で断言され、蒼太は仰け反ってしまう。

「……へっ？　妖精料理だと思って盗んだのか？」

「グレアムやアンブローズに聞け」

「そうだな」

蒼太が納得したように頷いた時、シンシアの泣き声が聞こえてきた。どうやら、ダンを探しているらしい。

「……あ、色男、シンシアが泣いている。探しているぜ」

初めて会った時からシンシアは迫力満点の屈強な騎士を怖がるどころか懐いた。朝から晩までべったりと張りついている。

「俺に子守は無理だ」

「頼むぜ、色男」

蒼太がドアを開けると、シンシアが嗚咽《おえつ》しながら飛び込んでくる。ダンを見つけた途端、抱きついたのは言うまでもない。

シンシアは本当にダンが好きなんだな。

それだけダンが真面目で優しいってことだよな、と蒼太はシンシアの態度からダンの本質を悟った。

それ故、ダンへの疑惑を聞いても惑わされなかったのだ。純真な子供たちの直感は侮れない。

窓の外からは依然としてやんちゃ坊主たちの快活な声が響いてくる。

いろいろな疑惑が持ち上がるが、蒼太に悩んでいる暇はない。何せ、ディナー営業が差し迫っている。

蒼太は赤ん坊を背負ったまま厨房に向かった。


ディナーもデトックスウォーターから始まる。コーディも心得ているので、慣れた手つきで果物や野菜、ハーブを浸けた井戸水を食堂に運んだ。

「バーバラ、キャロライン、エンダイブとリンゴのサラダとホウレンソウとアーリーレッドのサラダだ」

年長組の少女たちに大皿に盛ったサラダを二種類、持たせる。ホウレンソウとアーリーレッドのサラダには乾燥させたカボチャやレンコンをトッピングした。いつもと同じように、弾けるような笑顔で食堂に向かう。

かつて借金の代わりに年長組の少女たちは銀行家に連れられそうになった。トラウマになったのではないかと案じていたが、今のところ、そういった気配はない。ただ、まだ安心はできないと注意していた。実家の老舗旅館のベテランスタッフが、幼い頃に傷つけられたトラウマでずっと苦しんでいたのだ。古稀を迎えた常連客も子供時代のトラウマに苛まれていた。

どこでどうぶり返すかわからない、と蒼太はエセルバートに相談したが、きちんと理解してくれたか不明だ。

もっとも、エセルバートが無償《むしょう》の愛で包み込んでいることは間違いない。孤児たちの笑顔はエセルバートの愛に比例するように今夜も明るい。

「よしっ、根菜《こんさい》のスティックサラダと蜂蜜漬けのレモンだ。頼んだぞ」

ヨチヨチ歩きの子供たちには、根菜のスティックサラダと蜂蜜漬けのレモンを運ばせる。

今夜も船乗りが多いと聞いたからビタミンは必須だ。

おしゃまな女児たちにはルバーブのチャツネとマッシュしたグリーンピースを任せる。

マーヴィンを始めとするやんちゃ坊主たちにはオーツ麦で作ったビスケットやアーモンド粉で作ったビスケットだ。

「マーヴィン、つまみ食いはひとりふたつまで」

蒼太が煽るように言うと、マーヴィンは笑いながら去って行った。忽然《こつぜん》と消えた焼き菓子の犯人だと思いたくないが、どうしたって疑念は消えない。

しっかりとした子供たちには、魚介類のカルパッチョを持たせた。オリーブオイルがないので、グレープシードオイルで作ったが、新鮮な魚や貝そのものが美味いから最高だ。たっぷり作って寝かせていたピザ生地でキノコとアンチョビのピザを作る。ソースは濃厚なホワイトソースだ。サーモンとイカのホワイトソースのピザとゴルゴンゾーラのピザも作る。ピザだけで三種類だ。トマトやオリーブがないから寂しいが、チーズの種類は意外なくらい多い。後でデザートピザも焼く予定である。

鉄板でピザを焼いていると、コーディが青い顔で帰ってきた。

「ソータお兄ちゃん、大変だ。変なお客さんがいる」

コーディの背後には年長組の少女たちもいるが、それぞれ甲乙つけ難いぐらい顔色が悪い。蒼太は鉄板の火加減に注意しつつ、子供たちに視線を向けた。

「変なお客さん？　……また祈りながらメシを食っているお客さんがいるのか？」

革命には騒動がつきものというか、どこにでも変人がいるというか、命がけで毒物だと思い込んでいたレモン料理を食べる客がいた。

「妖精使いだっていうお客が乗り込んできた」

コーディの大きな目には恐怖が滲み、下肢《かし》がぶるぶると震えている。夢想《むそう》だにしていなかった来客なのだろう。

「妖精使い？」

「本物の妖精料理か確かめる、って……すっごい恐い……」

「なんか意地悪されたか？」

「僕たちには優しくしてくれたけど……ビリーやロニーを撫でてくれたけど……」

「コーディ、俺の作る料理は妖精料理じゃない。相手にするな……っと、ピザが焼けた。いい焼け具合だ。チーズがアツアツのうちに運んでくれ」

蒼太はコーディや年長組の少女たちに三種類のピザを運ばせる。妖精使いの来店ぐらいで動じない。子供たちに危害を加えなければいいのだ。

ヨチヨチ歩きの子供たちもおしゃまな女児たちも難しい顔で帰ってきたが、蒼太は満面の笑顔で料理を持たせた。

ヨチヨチ歩きの子供たちにはライ麦を混ぜたブレッドで、おしゃまな女児たちにはひまわりの種をトッピングしたブレッドと卵をたくさん使った卵ブレッドだ。

大釜で牛肉と旬の野菜を煮込みながら、作業台で塩と胡椒をまぶしたチキンを伸ばし、平らになるように麺棒《めんぼう》で叩き、チーズとスライスしたタマネギを重ねた。そうして、くるりと巻き込む。チキンロールとしてこのまま火を通しても美味いのは間違いない。だが、さらにチキンロールをパイ生地で包み、たっぷりのひまわり油で焼き上げた。大皿にクレソンとともに盛り付けていると、ダンが渋面で顔を出す。

「ソータ、ブラッドロー元帥が雇った妖精使いが乗り込んできたぜ」

ダンはシンシアと手を繋いだまま、低い声でボソリと言った。ブラッドロー元帥といえば、ダンから注意しなければならない男だと聞いたばかりだ。

「……え？　さっきコーディから聞いたけれど、エセルバート様の領地を返さない陰険クソオヤジ元帥が詐欺師を送り込んできたのか？」

「口が悪いな」

「子供や客に悪さをしているのか？」

蒼太は確かめるように聞いてから、チキンロールのパイ包みに刻んだパセリを散らした。自分で言うのもなんだが、なかなか美味しそうだ。

「妖精はいない、美味いのは毒性が強いから、とかソータの料理に文句をつけている。追いだすか？」

「子供や客に危害を加えなければいい。チキンロールのパイ包みを運んでくれ」

「チキンロールのパイ包み？」

「客の前でチキンロールを切って、チーズのトロリを演出してほしい」

本来、料理人がすべき演出だが、蒼太にそんな余裕はない。

「アンブローズにやらせろ」

ダンが仏頂面で顎をしゃくった先には、いつになく渋い顔のアンブローズがいた。どうやら、招かざる妖精使いに困惑している。

「アンブローズ、聞いていたな。頼んだぜ」

蒼太が有無を言わせぬ迫力で押しつけると、気障な吟遊詩人は感心したように言った。

「我らが革命児は可愛い顔をして剛胆《ごうたん》だ」

「アンブローズ、切った瞬間にトロリと流れるチーズが売りなんだ。冷める前にさっさと行ってくれ」

料理は味も重要だが、時に演出も問われる。蒼太の個人的な意見だが、チーズのトロリはたっぷり肉汁に匹敵すると信じていた。

「ソータ、さっきのピザも美味しそうだったけれど、今夜はチーズ料理が多いね」

「チーズの発注を間違えて、生地も多めに作りすぎて……じゃない。今夜はチーズナイトだ。行け」

蒼太は舞台裏を明かしかけたが、慌てて言い直した。アンブローズも食い下がらず、舞台役者の退場のような動作で厨房から出て行く。

蒼太は大釜で煮込んでいた料理を大皿に盛った。

「ダン、牛肉と野菜の煮込み料理を運んでくれ」

ダンに牛肉と野菜料理を持たせ、シンシアにはラディッシュのピクルスを持たせた。

入れ替わるように、グレアムが沈痛な表情で現われる。

「ソータ、大変なことになりそうです。早急に手を打ちましょう」

蒼太はエビとグリーンピースのコロッケを揚げながらグレアムに聞き返した。

「グレアム、何が?」

「今、食堂でブラッドロー元師が雇った妖精使いが、ソータをペテン師だと騒ぎ立てています」

「子供や客たちはどうしている?」

「客たちは相手にせず、ソータの料理を美味しく召し上がっていますが……」

客たちも思うところがあるのか、陸軍元帥が雇用した妖精使いは無視しているようだ。もしかしたら、グレアムやアンブローズが上手く場を繕《つくろ》ってくれたのかもしれない。気のいい常連客も胡散臭《うさんくさ》い新客に惑わされないはずだ。

「……ならいい。子供たちと客が無事ならそれでいい。エビとグリーンピースのコロッケを運んでくれ」

出入禁止を言い渡してやる、と蒼太はエビとグリーンピースのコロッケの油を籠で切りながら力む。

「ダンがいますから、妖精使いを追いだしましょう」

聡明な文官は剛勇な騎士の腕力を行使しようとしている。それほどまでに乗り込んできた妖精使いが危ないのか。

……いや、雇用主だというブラッドロー元帥が危ないのか。

「エセルバート様はどんな様子だ？」

「旧知の伯爵様がおいでになり、お相手をしています。妖精使いも公爵には近寄りません」

妖精使いは身分制度についてよくわかっていらっしゃる、とグレアムにしては珍しく皮肉っぽく続けた。

妖精使いも王位継承権を持つ公爵には直に仕掛けないらしい。大貴族に無礼を働けば、その時点で罪に問われる。

「……ま、アツアツのうちにコロッケを運んでくれ」

蒼太はグレアムにエビとグリーンピースのコロッケを山盛り盛った大皿を持たせた。得体の知れない妖精使いの処置より、コロッケをアツアツで食べてもらうほうが重要だ。

悲愴感が漂うグレアムの背を見送りつつ、タコの唐揚げと大きめに切ったジャガイモを揚げる。大皿に盛っていると、コーディが泣きそうな顔で帰ってきた。

「ソータお兄ちゃん、大変だよ」

コーディの後ろには涙目の年長組の少女たちがいる。おそらく、ブラッドロー元帥が送り込んだ妖精使いが騒ぎ立てているのだろう。

「妖精使いは無視しろ。それより、タコの唐揚げを運んでくれ」

揚げ物が二皿できたし、豚肉とキノコのピラフも炊き上がった。なたね油をふんだんに使って仕上げたふわとろのスクランブルエッグで包み、一皿はオムライスにして提供する。

「マーヴィンたちが暴れたのーっ」

コーディに泣きそうな顔で叫ばれ、蒼太はスクランブルエッグを大皿から零しかけた。すんでのところで持ちこたえる。

「……え？　やんちゃ坊主軍団がやらかしたのか？」

いつかやるのではないかと危惧していたが、とうとうやってしまったのか。蒼太は在りし日の自分が脳裏に蘇る。

「マーヴィンが妖精使いの顔にピザを投げた。サラダもピクルスもチャツネも投げた。靴も投げた。全部、あたった」

コーディの青い顔を見れば、どんな修羅場《しゅらば》だったのか、手に取るようにわかる。すっ、と蒼太から血の気《け》が引いた。

「……やべぇ」

「マーヴィンは妖精使いの肩に噛みついた」

知らぬ間にやんちゃ坊主筆頭は狂犬と化していた。

「エセルバート様は止めなかったのか？　……えっと、ダンやアンブローズ……ほかの客たちは止めなかったのか？」

浮き世離れした当主に対処できなくても、食堂にいた誰かが阻止できたのではないだろうか。いくらやんちゃ坊主とはいえ幼い子供だ。

「誰も止めなかった」

僕も止められなかった、とコーディは言外に匂わせている。年長組の少女たちも同じ意見のようだ。

「……い、行くぜ」

蒼太はタコの唐揚げを盛った大皿を持つと、厨房を飛びだした。コーディにはフライドポテトを持たせ、バーバラには豚肉とキノコのピラフ、キャロラインにはスクランブルエッグをかけたピラフを運ばせる。

果たせるかな、食堂は戦場だった。

……否、戦いは終結していた。

「悪魔をやっつけたじょーっ」

「悪魔、めっめっめーっ」

「悪魔はめーなのーっ」

勝利を勝ち取った小悪魔軍団がいきり立ち、繊細そうな青年が床で白目《しろめ》を剥《む》いている。

その付近にはピザやらコロッケやらサラダやら、今夜のディナーの残骸がスプーンやフォークとともに無残にも散らばっていた。よくよく見れば、マーヴィンやロニーの靴は繊細そうな青年の後頭部のそばに落ちている。

「……や、やりやがった……」

蒼太が呆然とした顔で立ち竦むと、マーヴィンは騎士の目で言い放った。

「ソータお兄ちゃん、守ってあげるじょ」

マーヴィンに続き、ほかのやんちゃ坊主たちも右手を雄々しく振り上げて言った。

「ソータ兄ちゃん、守るね」

「ソータにいに、守る」

「ソータにい、僕、いるから大丈夫でち」

やんちゃ坊主たちの足下には繊細そうな青年が気絶している。顔はホワイトソースに塗《まみ》れ、口の端は切れていた。

あの細いお兄ちゃんが妖精使いだよ、とコーディが小声で耳打ちする。

……あんなおとなしそうなタイプが妖精使いか、と蒼太は横目で眺めつつ、ビュッフェ台にタコの唐揚げを盛った大皿を置いた。コーディや年長組の少女たちも運んできた料理をビュッフェ台にそっと載せる。

これで客たちの視線が蒼太に集中した。

「ようこそいらしてくださいました。料理長の蒼太です。子供たちが暴れて申し訳ありませんでした。今夜、ディナー料金は結構です。……本当に申し訳ありませんでした」

蒼太が大声で謝罪し、深々と頭を下げる。倣うかのように、コーディや年長組の少女たちもペコリと頭を下げた。客とスタッフという立場を理解しているのだ。

「ソータ、気にするな。悪いのは好き放題言いやがった妖精使いだ。マーヴィンやヒューは悪くない」

ビュッフェ台に近いテーブルの客が力強く言うと、あちこちから賛同する声が上がった。

「そうだよ。礼儀知らずは妖精使いだ。せっかく美味いメシを食っているのに、ガタガタ言いやがって……ソータがペテン師とか悪魔の使いとかほざくから、マーヴィンたちが怒ったんだ」

「マーヴィンたちはソータの名誉を守っただけだ。気にするな」

「俺が妖精使いを殴り飛ばそうとしたら、マーヴィンがピザを投げつけていた。坊主に先を越されたぜ」

「陰険なのは妖精使いだ。ソータも美味い料理も罵りまくったんだぜ。こんな美味い料理を食って死ぬわけがねぇ」

常連客たちからも初めての客たちからも優しい声が上がるし、ダンやアンブローズ、グレアムは平然としている。やんちゃ坊主たちの凶行を支持しているような気配があるが、蒼太はどうしたっていたたまれない。

なんとかしてくれ、と蒼太はグレアムの背中を突き、失神している妖精使いを任せた。

とりあえず、床に放置するわけにはいかない。蒼太自身、乗り込んできた妖精使いに思うことはいろいろとあるけれども。

「……いえ……今夜はせっかくいらしてくださったのに申し訳ございません。どうかご容赦ください」

蒼太は各テーブルを回って詫びた。それぞれ、優しい笑顔で料理を褒めてくれるから恐縮してしまう。どうやら、客たちは妖精使いの言動にだいぶ気分を害していたらしい。誰も妖精使いに同情していなかった。

胸を痛めているのは麗しいストラトフォード公爵ぐらいだ。

「私の愛し子たち、暴力を振るってはいけません」

エセルバートが悲しそうな顔でやんちゃ坊主たちを諭そうとしている。けれど、誰一人として聞き入れない。

「こいつは悪魔。ソータお兄ちゃん、悪いって言う。僕はソータお兄ちゃん、大好き。ソータお兄ちゃん、守るのーっ」

マーヴィンが騎士の目で叫ぶと、エセルバートはさらに辛そうに白皙の美貌を陰らせた。いつになく儚い。エセルバートが唯一、手こずる相手がやんちゃ坊主軍団だ。

タイミングよく、客の中に出入りの果物屋の夫婦がいた。メラニーが泣きそうな顔で、マーヴィンたちに駆け寄る。

「マーヴィン」

マーヴィンはメラニーに気づくと、子犬のように抱きついた。

「メラニー、こいつ、悪魔なんだ。ソータお兄ちゃんはいいお兄ちゃんなのにひどいよーっ」

「マーヴィン、いい子ね。わかっていますよ。マーヴィンはソータお兄ちゃんを守ったの。いい子ね。愛しているわ」

メラニーは宥めるようにマーヴィンの顔中にキスをした。やんちゃ坊主に対する愛が溢れている。

……キャベツ畑の赤ちゃんのメラニー……じゃねぇ、メラニー、頼むから叱ってくれよ、と蒼太は心の中でメラニーに訴えた。

しかし、メラニーは一言もマーヴィンを詰らない。ビリーやロニーといったほかの狂犬たちも力強く抱き締め、愛情たっぷりのキスをするだけだ。

食堂はひどい有様だが、客たちはまったく怒っていなかった。それどころか、大暴れしたやんちゃ坊主に感心している。

ディナーを食べるだけに立ち寄った船乗りも今夜の客にいた。

蒼太にできることはひとつしかない。

厨房に戻って、予定通り、塩レモンガーリックのパスタ、洋梨のカスタードピザやリンゴとアーモンドクリームのタルトなどのスイーツを作り、客に提供した。手土産用として特別にポテトチップスとおからのマフィンを渡す。

場を取り繕って客を送りだし、嵐の後始末をする。

やんちゃ坊主たちに説教するのは後だ。

別室で寝かせていた妖精使いが意識を取り戻したという。アンブローズに呼ばれ、蒼太は心配そうなコーディや年長組の少女を置いて向かった。これ以上、子供たちに醜《みにく》い修羅場を見せたくはない。

もっとも宿として使っている階の一室に足を踏み入れた瞬間、蒼太は度肝《どぎも》を抜かれてしまう。

「……うっ？」

負傷した妖精使いは寝台ではなく寝台の下でガタガタ震えている。恐怖の原因は剛毅な騎士が剣先を向けているからだ。

蒼太が驚愕で固まっていると、ダンが地を這うような低い声で言った。

「自称・妖精使い、自分がしたことをわかっているな」

ダンは威嚇《いかく》するように妖精使いの首筋に剣を当てる。

「……ひっ……」

妖精使いは今にも失神しそうな雰囲気だ。

「覚悟をして、乗り込んできたんじゃないのか？」

「……う……レイブル……最強の騎士がいるなんて知らなかった……」

「俺がここにいるのは知れ渡っているぜ」

ダンが男らしい眉を顰めると、妖精使いは力なく首を振った。

「……本当だ。私は百合《ゆり》の妖精から自称・妖精使いの化《ば》けの皮を剥ぐように頼まれた……それだけだ……料理の革命児が妖精使いとなったら私の商売がたちゆかない……」

「キサマも自称・妖精使いだろう」

「……私はちゃんと妖精が見える。私は妖精がわかる……ただ、妖精は気まぐれすぎて扱うのが難しいんだ……」

「いい加減にしろ」

ダンが凄絶な怒気を漲らせ、妖精使いの喉元に剣を突き立てようとした。

やめろ、と蒼太が止める前に、妖精使いが頭を抱えて悲鳴を上げた。

「……ひーっ……ひっ、殺さないでくれーっ」

すでに勝負はついている。妖精使いに残っていた微かなプライドも呆気《あっけ》なくどこかに飛んでいった。

「正直に明かせ」

ダンが射るような目で凄めば、妖精使いは掠れた声で白状した。

「……り、陸軍元帥の……ブラッドロー元帥の依頼だ。ストラトフォード公爵家の料理人が妖精使いだという噂が広まったから……それで……」

「それで？」

「ストラトフォード公爵家に乗り込んで、料理人が妖精使いじゃない、と化けの皮を剥がせと……化けの皮を剥がして、ペテン師だっていう噂を広めろ……と……」

妖精使いが嘘をついていると思えないが、蒼太はどうしたって腑に落ちない。ダンも同じ気持ちらしく、威嚇するように剣を構え直した。

「ブラッドロー元帥がどうしてそんな依頼をする？」

蒼太が聞きたかった質問をダンが憮然とした面持ちで投げた。

「……コートネイを返したくないからだろう。少しでもストラトフォード公爵の名を落としたいんだ」

「ブラッドロー元帥はストラトフォード公爵の名を落とすため、自称・妖精使いを雇ったのか」

「私は本物の妖精使いだ」

「傭兵の情報網をみくびるな」

元宰相の陽動作戦に従事した自称・妖精使いだな、とダンは腹から絞りだしたような声で続けた。

以前、ダンは元宰相の軍に所属し、武名を上げた。先代ストラトフォード公爵の謀反の疑惑を晴らすため、元宰相の執拗な引き留めにも拘わらず傭兵になったのだ。

食堂には各国出身の傭兵が立ち寄るが、さりげなく情報交換も交わされていた。雇用主にとって捨て駒に等しい傭兵に、情報の真意は生死に関わる。戦には勝利したのに、最前線で奮闘した傭兵軍団に一銭も払わず、用済みとばかりに殺害する雇用主も少なくはない。それ故、蒼太も率先して傭兵たちに情報の交換をさせた。

「……っ……あぁ、銀の悪魔は元宰相の軍にいたんだよな……けど、私が雇われた時にはもういなかったはず……あ、そっちの書記官も元宰相のそばにいたな……」

妖精使いが観念したように肩を落とすと、グレアムがおもむろに口を挟んだ。

「貴公に妖精使いとしての力がないことはよく知っています。ただ、あの陽動作戦では必要だった。ブラッドロー元帥は貴公の無力を知らなかったのでしょうか？」

クレアムの皮肉混じりの言葉に対し、妖精使いは真っ青な顔で答えた。

「ブラッドロー元帥は私が本物の妖精使いだと信じ込んでいる。頼むからバラさないでくれ」

妖精使いの言い草に蒼太は呆れたが、グレアムは宥めるように言った。

「ならば、正直に明かしなさい」

トントンッ、とグレアムは威嚇するように繊細な細工が施された円柱を指で叩いた。まるで何かの合図のように。

「嘘はついていない。ブラッドロー元帥からの依頼だ。ストラトフォード公爵にコートネイを返したくなくて必死なんだよ」

「ソータが妖精使いであっても、妖精使いでなくても、ストラトフォード公爵の名が落ちるとは思えませんが」

「それでも、ストラトフォード公爵が宰相に任命されることは阻止できるんじゃないか？」

もし、エセルバートが宰相に就任すれば、ブラッドロー元帥は太刀打ちできない。どんな手を使っても阻みたいだろう。陸軍元帥と宰相の権力差は比べるまでもない。

「ブラッドロー元帥も困った御仁です」

「ストラトフォード公爵が妖精使いを雇ったとなれば戦う準備をするさ」

グレアムは妖精使いから蒼太に視線を流しながら言った。

「ソータ、話を聞いていましたね。こういう次第です」

「……く、くだらねぇ」

蒼太が正直な気持ちを口に出すと、その場にいたダンやアンブローズ、グレアムもいっせいに同意するように大きく頷いた。

　馬鹿馬鹿しい。

　まったくもって、その一言に尽きる。

「呆れる気持ちはわかります」

　グレアムに感情たっぷり言われ、蒼太は妖精使いに視線を流した。蹴り飛ばしたいが、微かに残っていた理性で思い留まる。

「……おい、インチキ野郎、命だけは助けてやる。その代わりに言うことを聞け」

　蒼太が悪鬼の如き形相で凄むと、妖精使いは不思議そうに瞬きを繰り返した。

「妖精使いのくせに口が悪いな」

「俺が妖精使いじゃない、って騒いだ奴が何を言っているんだ」

「妖精使いだと信じられるぐらいメシが美味かった。あんな美味いメシは初めてだ。サクサクしてトロトロしているメシは、妖精のエッセンスがふりかけられているとしか思えん」

　妖精使いの味覚は確からしく、手放しで蒼太が作った料理を褒める。食堂で罵った面影は微塵《みじん》もなかった。

　ダンやグレアム、アンブローズは呆然としているが、自称・妖精使いの根は正直なのかもしれない。

「俺の料理への褒め言葉だと受け止めておく……が、俺は妖精使いじゃねぇ」

蒼太が身を乗りだして言うと、妖精使いは瞬きを繰り返した。

「妖精使いじゃないのか？」

「ああ、俺は妖精使いじゃない。俺は一度も妖精使いを名乗ったことはない。そういう噂を全力で流せ」

こいつはシメるより使ったほうがいい、と蒼太は咄嗟に判断した。妙な方向に一人歩きする噂はなんとしてでも止めなければならない。

「驚いた」

「俺は料理人だ。妖精使いじゃねぇ。よく覚えていろ」

蒼太は渾身の力を込め、その場で足を踏みならした。

「……それで助けてくれるのか？」

「ああ、うちのやんちゃ坊主たちからお仕置きを食らっただろ」

これでチャラだ、と蒼太は左右の手で合図をした。何せ、やんちゃ坊主たちがすでに妖精使いにきつい鉄拳《てっけん》を食らわしている。

「ソータ、いいのですか？」

グレアムに渋い顔で確かめるように言われ、蒼太は脳内の情報をまとめながら聞き返した。

「こいつをブラッドロー元帥に突き返したらどうなる？」

食堂で交わされるブラッドロー元帥の噂から想像すれば、謝罪するどころか、エセルバートを批判しかねない。話題を巧妙にすり替え、周囲に賄賂を積んで働きかけ、エセルバートを罠に落とすだろう。

案の定、蒼太と同じようにグレアムもブラッドロー元帥の性格から最悪の事態を予想した。

「ブラッドロー元帥は絶対に自分が依頼主だと認めない。ストラトフォード公爵に言いがかりをつけられたと騒ぎ、王都の議会に申し立て、裁判に持ち込む可能性がある」

王都の裁判は厄介です、とグレアムの綺麗な目は曇った。

傍らにいるダンの仏頂面がひどくなり、アンブローズはこの世の終わりのようなポーズを取った。裁判が大変なのは現代日本と変わらないようだ。

「こいつ、ブラッドロー元帥の罠か？」

「情報不足につき、判断できません」

「俺、妖精使いネタで騒ぎ立てたくねぇ。これで終わりだ」

蒼太が意志の強い目で言い切ると、グレアムやダン、アンブローズは承諾したように無言で頷いた。

妖精使いは何度も詫びつつ、裏門からコソコソと出ていく。このまま今夜中にサフォーク領内から去ると誓わせた。

蒼太は言いようのない疲労感でいっぱいになるが、まだ寝台には飛び込めない。やんちゃ坊主たちへの指導が残っている。

「マーヴィンたちは悪くない。悪くないのはわかっているが、暴力は暴力なんだ。ここでなんの注意もしなかったら後々ヤバくなるかもしれない……俺もそうだったからな……怒るな、俺……優しく一言注意するだけでいいんだ……あいつら、俺のために暴れたんだから……」

蒼太は自分で自分に言い聞かせ、やんちゃ坊主たちに対峙しようとした。

けれど、暴れて疲れたらしく、すでにメラニーの膝で甘えるように寝ていた。さすがに起こせず、そのまま寝台に運ぶ。

「ソータ、マーヴィンたちを怒らないでね。あの子たちはソータお兄ちゃんが大好きなの。大好きなソータお兄ちゃんを悪く言われたら黙っていられないわ。ソータなら私が言わなくてもわかっているわよね。マーヴィンたちにとってソータは誇りなのよ」

メラニーに涙目で切々と言われ、蒼太は頷くしかなかった。どこか母親を連想させるメラニーには弱い。

「……わ、わかっているから」

「さすが、ソータはわかってくれているのね。私にとってもソータは誇りなのよ。流産した子供が産まれて育っていたらソータぐらいになっていたと思うの……」

メラニーに優しいキスを左右の頬にされ、蒼太は完全に落ちた。お母さん、と口走らなかった自分を褒めたい気分だ。

第四章

翌朝、何事もなかったかのようにストラトフォード城の朝は始まる。

エセルバートが子供たちひとりひとりにキスの挨拶をして、朝のお祈りをする。蒼太は厨房で朝食の準備だ。

朝でも果物やハーブを浸けたデトックスウォーターは欠かせない。宿泊客に激戦地から生還《せいかん》した傭兵軍団がいるので是が非でも飲ませたかった。

サラダはホウレンソウやエンダイブなど、旬の野菜をミックスしたサラダだ。大皿にてんこ盛りして、カボチャオイルとモルトヴィネガーで作った特製のドレッシングをかける。トッピングは天日干ししたニンジンやタマネギとハーブだ。

味見をしているとコーディが顔を出し、蒼太は真っ先にやんちゃ坊主軍団について尋ねた。

「……おぅ、コーディ、マーヴィンたちの様子はどうだ？」

「昨日、何をしたのか、忘れたみたい」

コーディは屈託のない笑顔で答えたが、蒼太は驚愕のあまり、手にしていた大皿を落としそうになった。

「……え？」

間一髪、すんでのところで大皿は持ち直す。手描きの花模様が秀逸《しゅういつ》な大皿は、炭坑夫の一年分の給金に匹敵すると聞いた。

「エセルバート様も一言も言わないし、誰も何も言わないよ」

「……う、それでいいのかな？」

蒼太は思案に暮れたが、コーディも背後にいるしっかり系の子供たちも昨夜についていっさい気にしていない。

「……ま、デトックスウォーターとミックスサラダとレンコンのピクルスを運んでくれ」

蒼太が指示した通り、子供たちは慣れた手つきで飲み物や料理を運ぶ。

固くなった円形の長いパンをスライスして真ん中に窪《くぼ》みを作り、バターを塗ってから鉄板に一枚ずつ間隔を空けて並べる。タマネギとベーコンのスープを流し、パン一枚ごとに卵を一つずつ割って載せる。ここで気を抜くと卵がパンから落ちてしまうので予《あらかじ》め、パンのん中に窪みを作っておくことがポイントだ。

「……よしっ……人数分に予備三人分……鉄板で二枚か……濃いめに作ったタマネギとベーコンのスープを流して火にかける……あ、チーズを忘れていた。チーズだ……セミハードタイプのチーズがいいな」

卵が乗ったパンのスープの名前はあえてつけない。蒼太にしてみれば古くなったパンの再利用メニューだからだ。

「卵にベーコンにチーズ……この黄金食材を使えば古くなったパンも美味い」

トッピングにセルフィユやタイムを軽く散らし、年長組の少女たちに託した。熱い鉄板のまま、食堂に運ばせる。

ヨチヨチ歩きの子供たちはカボチャのペーストを混ぜて作ったブレッドとグリーンピースのビスケットを持たせた。

大きな鍋でチキンとタマネギを炒め、ホワイトマッシュルームやブラウンマッシュルームなど、旬のキノコも混ぜ、ローリエとともに作り置きしていたブイヨンとホワイトソースを入れる。これだけで美味しそうなスープだ。残っていた米を入れれば、リゾットのできあがり。

「朝食は残った米やパンの再利用……手抜きじゃねぇ」

マーヴィンたちが顔を出さないが気にせず、戻ってきたコーディにチキンとキノコのリゾットを渡した。

残っていたハード系のパンを千切り、だいぶ前から卵液に漬けていたが、なかなかいい具合に染み込んでいる。鉄板にアーモンドオイルを流し、カットしたリンゴや洋梨と干し葡萄を入れて軽くソテーし、蜂蜜漬けの栗と卵液に漬けていたハード系のパンを投入した。すかさず、砂糖入りのアーモンドミルクもそろそろと流し込む。

「……これぐらいでいいかな？　こっちに来てから目分量が多くなったぜ……計量スプーンもないから仕方がねぇんだけどさ……フレンチトーストもどき、パン入りのフルーツグラタンもどき……絶対に美味いはずだ」

固くなったパンの再利用として、卵液に浸すフレンチトーストは最適だ。子供たちにも大男にも評判がいい。

戻ってきた年長組の少女たちも嬉々として食堂に運んでいった。ようやく、マーヴィンを始めとするやんちゃ坊主たちが顔を出す。

「ソータお兄ちゃん、美味しいモグモグちょうだい」

何事もなかったかのような笑顔を見れば、蒼太も文句が言えなくなる。純真さが一番強いのかもしれない。

蒼太はやんちゃ坊主たちに洋梨とミントのマフィンを持たせた。おしゃまな女児たちにはアーモンド粉で作った捻《ひね》りパンだ。

朝食後もいつもとなんら変わらず、蒼太は赤ん坊を背負ったまま城内を走り回った。あっという間にランチタイムになり、蒼太はコーディを連れて厨房に駆け込む。昨日の妖精使い騒動のダメージはないらしく、国内外から客が押し寄せていた。

恒例となったデトックスウォーターから今日のランチも始まる。山盛りのサラダにピクルスと野菜料理が続くのもお約束だ。

「ソータお兄ちゃん、妖精料理だってお客さんたちは感動しているよ」

コーディは満面の笑顔で食堂の様子を告げるが、牛肉のエール煮込みを確認する蒼太の目は曇った。

「だから、妖精料理じゃねぇ」

昨日のインチキ野郎は俺の言ったことを無視しやがったのかよ、と蒼太は心の中で自称・妖精使いを罵る。

「アンブローズお兄ちゃんが歌っているように革命料理?」

「そうだな。革命料理にしておいてくれ」

蒼太は感情を込めて言ってから、コーディに牛肉と旬のキノコの赤ワイン煮込みを運ばせる。年長組の少女たちにはベーコンと旬のキノコで作ったパイだ。

乾燥させた椎茸《しいたけ》や昆布《こんぶ》、イワシなどからとった濃いめの出汁《だし》で出汁巻き卵に近いオムレツを焼く。鍛冶屋に頼んで特別に作らせたおろし器で大根を下ろす。醤油がないのが苦しいが、充分、美味しい出汁巻き卵になった。

「……これ、大根なの？　大根？」

比較的しっかりしている子供たちは大根おろしに仰天《ぎょうてん》している。

ジンジャーは摺り下ろして飲み物にしたり、焼き菓子に使ったり、煮込み料理に使ったりしているらしいが、大根は摺り下ろしたりしないらしい。

「大根下ろし、だ。美味いからつけてモグモグしろ、ってお客さんに言ってくれ」

蒼太が大根下ろしの説明をすると、しっかりした子供たちは使命を帯びた騎士のような顔で頷いた。

何事もなくランチは終わった。

後片付けをしてから洗濯を取り込み、コーディと一緒に各部屋に届ける。いやな予感がして、子供たちの衣類や靴をチェックした。

想定外というか、想定内というか、あたってほしくない予感があたっていた。マーヴィンやビリーといったやんちゃ坊主軍団の衣類や靴が、それぞれ少しずつなくなっているのだ。エセルバートが仕立屋に作らせたブラウスやキュロット、タイツは平民の衣類でない。靴も貴族の子弟用に等しい。虱潰《しらみつぶ》しに探してみれば、ブローチもなくなっている。

……どういうことだ？

子供たちの服も靴も売れば金になるよな？

純金のブローチや宝石入りのブローチなんてまとまった金になるよな？

子供を狙う変態の仕業じゃねぇよな？

マーヴィンたちがスイーツや服を売り払って金にしたのか？

とうとうグレたのか、と蒼太は自分の経験も含め、背筋を凍らせた。それでも、コーディには何も明かさない。ただ、さりげなく尋ねた。

「コーディ、このところマーヴィンやビリーたちはどうだ？」

「ソータお兄ちゃん、いきなりどうしたの？」

「……いや、マーヴィンたちが変わったことをしていないか？」

蒼太の血走った目に思うところがあったのか、コーディは真剣な顔で唸りだした。

「……ん～ん？　ソータお兄ちゃんは前にキャベツ畑の妖精にメラニーの赤ちゃんを頼んでいたら怒ったよね。まだマーヴィンたちはキャベツ畑の妖精にメラニーの赤ちゃんを頼んでいるし、マーガレットのおっぱいも頼んでいるよ」

コーディの可愛い口から予想だにしていなかった言葉が飛びだし、蒼太は胡乱《うろん》な目で聞き返した。

「……は？　果物屋のメラニーは知っているけれど、マーガレットって誰だ？　マーガレットのおっぱい？」

「マーガレットはここで働いていたの。赤ちゃんにおっぱいをくれたんだ。マーヴィンなんか乳離れしていたのに、マーガレットにおっぱいをもらったんだよ。甘ったれだろ」

城門には臍《へそ》の緒がついたままの赤ん坊も捨てられていたことがあったらしい。哺乳瓶や粉ミルクがない時代、乳飲み子に乳を与える女性が必要だ。城内の使用人が授乳できたら最適だろう。

「そのマーガレットのおっぱい？　……なんだ？　マーヴィンは今でもマーガレットのおっぱいを飲みたがっているのか？」

いくらなんでもおっぱいを飲みたがる歳頃じゃねぇだろ、と蒼太は呆気に取られてしまう。

しかし、脳裏には専門家や関係者の言葉がこびりついていた。実の両親に捨てられた子供の心の闇は計り知れない。

「マーガレットのおっぱいが出なくなったんだって」

「……あのさ、おっぱいは永遠に出るわけじゃねぇからな」

遠い日、蒼太は老舗旅館のベテラン仲居や常連客の老婆に母乳が出るか聞いた記憶があった。楽しそうに笑われたものだ。怒られるどころか、頭を優しく撫でられ、お小遣いまでもらってしまった。

「……そういえば、マーガレットのおっぱいがでない、ってマーヴィンたちは誰に聞いたんだろう。お客さんかな？」

「食堂でおっぱいの話題か？」

「……あ、そうだ、箒や羽根で空を飛ぼうとしないし、蓋で海を渡ろうともしないし、牛に乗ろうともしないし、屋根で逆立ちしたりもしないし、木から飛び降りようともしないし……マーヴィンたちは変わったね」

コーディはどこか遠い目でやんちゃ坊主たちの暴れん坊列伝《れつでん》を語った。今まで大きな怪我もせずに無事なのが奇跡だ。エセルバートのお祈りの効果なのだろうか。

「……う……成長していると思いたいが……」

……あいつらは成長してぐれたのか。

いくらなんでもぐれるのが早すぎないか。

俺でも実家や老舗旅館の美術品を隠れて売ってゲーセンに行ったのは十二だった、と蒼太は在りし日の自分を思いだす。自分では美術品を販売できなくても、年上の悪い知り合いがいれば金にしてくれるのだ。正確に言えば、向こうから話を持ちかけてくる。

食堂の客に悪い輩《やから》がいても不思議ではない。

「ソータお兄ちゃん、どうしたの？」

チュッ、とコーディに心配そうに頬にキスされ、蒼太は我に返った。

「こんなことはしてられねぇ。ヤバくなる前に対処だ」

「ソータお兄ちゃん？」

「コーディ、あとは頼んだ」

蒼太はコーディに子供たちの部屋の掃除を頼むと、やんちゃ坊主たちが葡萄園に向かっているのを確かめてから倉庫に向かった。

「……え？　またなくなっている？　作ったばかりのオーツのマフィンやアーモンドケーキがない？」

冷静に調べれば、ランチ前に焼いたばかりの栗の粉で作ったケーキやヘーゼルナッツのブレッド、サーモンとグリーンピースのケーキも見当たらない。高価な砂糖で漬けたばかりの洋梨の瓶もなかった。

「ランチ前に焼いたばかりだぜ。ランチ前にはあったのにランチ後になくなっているのか？　ランチのお客さんが盗んだ？　……とは思えん。ダンやグレアムたちは食堂以外に出歩く客たちを注意してくれた……アンブローズもいつもさりげなくチェックしていてくれたんだ。あの三人は有能な警備員……やっぱり内部の犯行か？」

どう考えてもネズミとは思えないし、妖精料理だと思い込んだ泥棒の仕業《しわざ》とも思えない。すべてのシグナルがやんちゃ坊主を差している。

「……ここでウダウダしていても仕方がねぇ。責任者に相談だ。この時間帯なら子供たちと庭で散歩……噴水の辺りか？」

蒼太は麗しい城主に相談するため、倉庫から飛びだした。

赤ん坊を背負ったまま、天井の高い廊下をひた走る。広大な城内のどこにいるか、だいたい把握できるようになっていた。

案の定、エセルバートは典麗な噴水の前で子供たちにヴァイオリンを弾いている。果物屋のメラニーも子供を抱きながら聞いていた。

だが、マーヴィンを始めとするやんちゃ坊主たちはいない。先ほど、葡萄園に向かって走って行った。確か、昨日も一昨日も葡萄園に向かっていたはずだ。広大な敷地内には壮麗な正門や裏門のほかにも門がある。葡萄園の向こう側にも門があったはずだ。家格《かかく》の高い公爵家ならばいても当然の門番はいない。

「エセルバート様、家令としてお願いします。ちょっと来てください」

蒼太の切羽詰まった顔に思うところがあったのか、メラニーに子供たちが任せられるからか、エセルバートは悠然と聞き入れてくれた。子供たちは母とも慕うメラニーがいるから、エセルバートを引き留めたりはしない。

蒼太はエセルバートを連れて、主塔にある家令室に入った。珍しく、周りには誰もいない。純美な当主と家令の話を聞いているのは背中の赤ん坊だけだ。

「エセルバート様、一大事です。マーヴィンやロニーたち、やんちゃ坊主軍団がとうとうグレたのかもしれねぇ」

蒼太は背負っている赤ん坊をあやしつつ、エセルバートに荒い語気で言った。

「ソータ、いったいどうされました？」

エセルバートにいつもと同じように微笑まれ、蒼太の中で何かが爆発した。

「いくらエセルバート様が無償の愛を注いでも、実の親に捨てられた子供たちだ。実の親に対する怒りや悲しみが爆発したら……グレてもおかしくない。万引きの原因は親への怒り、って専門家の間では定説……っと、すみません。俺は何を言っているんだ」

蒼太は感情の赴《おもむ》くままに捲し立てたが、背中に負っていた赤ん坊の手足のバタバタで我に返った。

「私の愛しい子、落ち着きなさい」

エセルバートに慈しむように抱き寄せられ、蒼太は大きな息を吐いた。冷静に脳内で言葉を選ぶ。

「エセルバート様、倉庫に保管していた保存用の焼き菓子やジャムがなくなっている。やんちゃ坊主軍団の服や靴もなくなっています」

蒼太は事実だけを告げてから、エセルバートの腕から距離を取った。

「どこかに落としてしまったのでしょうか？」

一瞬、国内一の秀才が何を言ったのかわからず、蒼太は怪訝な顔で聞き返した。

「……お、落とした？」

「落としてしまったのかもしれません」

金髪の聖母マリアは柔和《にゅうわ》な笑みを浮かべたが、蒼太の頬はヒクヒクと引き攣りまくった。いったいどこからそんな考えが出るのか、甚だ理解に苦しむ。

「……そ、それは絶対にありえねぇ」

「私の宝物が気に病む必要はありません」

エセルバートにキスをされそうになり、蒼太は素早く身を捻った。子供たちのように慈悲深い領主のキスで癒されたりはしない。

「……おい、ここで手を打たないとますますひどくなるぜ。保存用の焼き菓子やジャムどころの話じゃなくなる。そのうち先祖代々の家宝もなくなるぜ」

「神に祈りましょう」

エセルバートが十字を切ったので、蒼太の左右の腕がぶるぶると震えた。身体の底から鬱憤が湧き上がってくる。

「……そ、それかよ」

今となっては、海賊に攫われた蒼太とやんちゃ坊主たちを救うために発揮したエセルバートの実行力が夢のように思えてならない。海軍元帥や君主まで動かした力こそが、エセルバートの真の実力だと思いたかったのだが。

「神に祈れば、神が導いてくださいます」

「神に祈っても非行少年は更生《こうせい》しない……じゃなくて、マジにやんちゃ坊主たち、おかしくないか？」

親がどんなに信仰深くても、道を踏み外す子供は多い。蒼太は信心深い親に反発するかのように暴れていた不良少年を何人も知っていた。神主や僧侶、牧師の子供もいたはずだ。すなわち、神に祈っている暇があったら子供を構ってやれ。神に奉仕している時間があったら子供の話を聞いてやれ。そういうことだ。

「私の命より大切な子供たちの心は曇っていません」

「……うぅ、駄目だ」

……聖なる魂は聖なる脳ミソ。

今日も頭の中に花畑が広がって蝶が舞っている。

浮き世離れしたエセルバート様に相談した俺が馬鹿だったのか、と蒼太は自己嫌悪に陥りかけたが、そんな悠長なことはしていられない。そろそろ、ディナーの仕込みにかからなければならないのだから。

「私はソータが心配です」

エセルバートに切なそうに目を細められ、蒼太は憎々しげに言い放った。

「俺の心配をしてくれるならブラッドロー元帥に注意してくれ」

昨夜の妖精使いが誰の差し金で乗り込んできたのか、グレアムがエセルバートに説明してくれたという。もっとも、グレアムの困惑顔からエセルバートが真摯に受け止めていないと予想していた。

「ブラッドロー元帥ですか？」

「コートネイをどうするつもりだ？」

昨夜、蒼太は改めて家令室の棚にあった古いサフォークの地図を眺めた。十年前の地図にはきちんとコートネイが記されている。海側ではなく陸側の西の端にあった。広大だし、意外なくらいストラトフォード城に近いから重要な土地だ。

「コートネイですか？」

「……おい、まさか、忘れたのか？」

こんなに広くて城に近いのに、と蒼太は地図と領主の顔を交互に眺めた。税収もそれなりに見込めたに違いない。

「コートネイを忘れたりはしません。マーガレットたちが暮らしています」

エセルバートはしみじみとした口調で女性の名を口にした。つい先ほど、コーディから聞いた女性の名前だ。

「……は？　マーガレット？　コーディが言っていた子供たちに母乳を飲ませてくれた使用人か？」

蒼太がマーガレットについて尋ねると、エセルバートは伏し目がちに頷いた。

「マーガレットはコートネイ出身の使用人でしたが、乳飲み子の乳母のような存在でした。

「コートネイがブラッドロー元帥の所領になり残念です」

エセルバートの表情や言動から察するに、コートネイを諦めているような気がする。当然、蒼太はいきり立った。

「ちょっと待て。コートネイはエセルバート様の土地だ。冤罪《えんざい》で取り上げられたんだぜ。先代様の謀反《むほん》が晴れたんだから取り返せっ」

「陛下の思《おぼ》し召《め》し」

「いい加減にしろ。ブラッドロー元帥に狙われているぜ」

バンッ、と蒼太は机を叩いてしまう。

背負っていた赤ん坊は泣かなかったが、美麗な当主は悲しそうに首を振った。

「私の宝物、滅多なことを申してはなりません」

「元宰相の罠も第二王子の後見人の罠も忘れたとは言わせねぇ。ブラッドロー元帥にやられる前にやるぜ。コートネイを取り戻す」

「マーガレットのことは私も気にかかっていました。健やかに過ごしているのでしょうか？」

エセルバートに切なそうに聞かれ、蒼太は呆れてしまうが今さらだ。怒鳴りたいのをぐっと堪える。

「俺に聞かず、連絡を取ってみろよ」

「ブラッドロー元帥がお気に召さないかもしれません」

ブラッドロー元帥の傲慢さを知っているのか、知らないのか、定かではないが、エセルバートは身分的には自身が優位であるのに気遣っている。蒼太にしてみれば歯痒くてたまらない。

「元領主が元領民に連絡を入れて、不機嫌になるような奴は最低じゃねぇか。そんな最低野郎が領主じゃ、マーガレットたちが可哀相だ。コートネイを取り戻そうぜ」

「陛下のお心を第一に考えましょう」

「……こ、この野郎ーっ」

とうとう蒼太は浮き世離れした当主に掴みかかった。

……否、背中に背負っていた赤ん坊の泣き声で思い留まった。なんであれ、清らかすぎる聖母マリアに手を挙げてはいけない。

聖母マリアに相談した俺が馬鹿だった、と蒼太は自分で自分を叱責した。そうするしかなかったのだ。

何より、ディナータイムが迫っている。

蒼太は赤ん坊を背負ったまま厨房に向かった。

ディナーはつつがなく終了したが、蒼太の本番はこれからだ。子供たちに焼き菓子やジャムを作ると宣言し、ひとりで厨房に籠《こ》もった。

マーヴィンが好きなケーキにロニーが好きなマフィンにビリーが好きなビスケット、とやんちゃ坊主たちの好物ばかり焼く。大好物のポテトチップスやおからのドーナツも揚げた。同時にやんちゃ坊主たちが揃って嫌いな長期保存用の固いパンや薄いビスケットも焼いた。倉庫でも手が着けられていないラインナップだ。やんちゃ坊主たちが避けるニンジンのピクルスや甘酢漬けのタマネギとホウレンソウも用意した。洋梨のジャムとリンゴのジャムも新たに作る。

打ち合わせしていた通り、ダンがひょっこりと顔を出す。常につきまとっているおしゃまな女児は夢の中だ。

「ソータ、本気か？」

ダンは依頼の内容に困惑していたが、蒼太はいたって真剣だ。

「傭兵、本気だ。頼んだぜ」

蒼太は気骨のある傭兵に料金として金貨を一枚、握らせた。

「安すぎるぜ」

「ダンの好きなトンカツをたくさん揚げてやるからそれで手を打て」

最強の騎士の大好物は二度揚げした分厚いトンカツだ。仏頂面《ぶっちょうづら》で次から次へと平らげていく様は圧巻だった。

「レモンガーリックの塩焼きそばも」

「わかった。レモンガーリックの塩焼きそばもサービスするから、誰が取っているのか、見張っていてくれ」

倉庫に収めた焼き菓子を誰が盗んでいるのか、蒼太はきちんと把握したかった。防犯カメラの代わりにダンを忍ばせる。本当は自分が倉庫に潜み、現場を確認したかったが、どだい無理な話だ。

「取り押さえるのか？」

「子供たちだったら見逃せ。子供以外だったら現行犯で取り押さえてくれ」

蒼太はエセルバートからもらった純金のブローチをこれ見よがしに棚に置いた。焼き菓子とともに手に取るかもしれない。その行き先はどこなのか、きっちりと突き止めたかった。子供たちの仕業ならば、子供たちの将来のみならずエセルバートの今後にも関わる。

「ランチ後にマーヴィンたちが城から抜け出す姿を見たらしい。ついさっき、アンブローズから聞いた」

ダンが躊躇いがちに口にした内容に、蒼太の目は吊り上がった。

「ダン、そういうのはさっさと教えてくれ」

「行き先はコートネイ方面だ」

「……げっ、コートネイ？」

「服の下に何か隠していたようだった……らしい」

「ここから取った焼き菓子を持ってコートネイ方面に向かっているのか？　どうして？　ブラッドロー元帥の罠か？」

最悪の事態を想定し、蒼太から血の気が引く。

何しろ、聞けば聞くほど、ブラッドロー元帥の評判が悪いのだ。今夜のディナーも領民を兵役や賦役に駆り立てるブラッドロー元帥の悪口が飛び交っていた。ブラッドロー元帥自身は富み栄えているが、領民は無償の労働を強いられ、苦しんでいるらしい。忠言する者はひとりもおらず。暴君ぶりが増しているという。

「グレアムやアンブローズも協力するそうだ」

「助かる……だったら、倉庫に張らずにマーヴィンたちをさりげなくマークしてくれ。そのほうがいい」

商談成立、とばかり蒼太はダンの大きな手を力強く握った。心から信頼できる騎士がいるのは心強い。

第五章

翌朝、トマトソースのないラザニアがメインの朝食の後片付けをしていたら、キースたちがサフォーク港に寄港したという知らせが早馬で届いた。

「やったーっ。キースお兄ちゃんが戻ってきたーっ」

待ち侘《わ》びていたというか、待ち疲れて忘れていたというか、そんな気分だ。

蒼太は言わずもがな子供たちも歓喜の声を上げる。朝食の後片付けも掃除も放ったまま、神に感謝するエセルバートも無視して、蒼太ははしゃぐ子供たちとともに港に迎えに行こうとした。キースやジョーイたちの凱旋《がいせん》を華々しくしたかったのだ。

港町の住人たちは盛大な拍手や投げキッスで、エセルバートお抱えの海兵隊たちを迎えたらしい。日頃、ひっそりと夜陰《やいん》に紛れて泳ぎ回っている娼婦たちも、ここぞとばかりに纏わりついているという。

「お祈りはいつでもできる。キースやジョーイを迎えに行くぜっ」

蒼太は子供たちと元気よく走りだしたが、早くもキースたちがストラトフォード城に到着した。海でも陸でも突風の如き速さを誇る一団だ。娼婦の色香《いろか》に惑わされたりはしない。

「キース、どうして、もっと早く連絡をくれなかったんだ？　みんなで港に迎えに行ったのにっ」

蒼太は文句を言いながら、隻眼の海賊と畏怖《いふ》された青年に勢いよく飛びついた。

極めつけの照れ屋から返事はないが、ガシッ、と力強く抱き締めてくれる。背負っている赤ん坊ごと。

「ばぶばぶばぶっ、ばぶばぶぶぶぶーっ、ばぶばぶばぶっぱぶばぶぶぶーっ」

背中の赤ん坊がキースを称えるように可愛い雄叫びを上げた。

「レイブルがやられっぱなしのロレーヌの海賊に勝ったって聞いて鼻が高い。それでこそ、最強の海の男だ」

蒼太が頬を紅潮させて褒めても、キースは鋭い双眸を細めるだけだ。

ほかの子供たちもジョーイを始めとする青年たちに抱きついていた。それぞれ、人間ジャングルジム状態に変身している。

「キース兄ちゃん、ジョーイ兄ちゃん、勲章、やった。やったーっ」

「ジョーイお兄ちゃん、お姉ちゃんみたいだけど強いのーっ」

「ジョーイお兄ちゃん、パンもお肉も卵も真っ黒だけど強いでちゅ。なんで、もっと早く帰ってこないでちゅかーっ」

「ボブ兄ちゃん、悪い奴らをやっつけたでち。やった。やったでち」

「ヘンリーにいに、にいに、来た」

雄々しい海の男たちと天使の如き子供たちが大騒ぎしている中、白百合のように麗しい当主がロザリオを手に近づいてきた。

すっ、とキースは蒼太から手を離し、エセルバートに騎士の礼を取る。そうして、捧げるかのように、ジェレマイア八世から授与された勲章を差しだした。

「エセルバート様、ただ今、戻りました」

口下手《くちべた》な男からエセルバートへの尊敬と感謝が漲《みなぎ》る。

施設育ちの孤児が海軍で最強の男として名を馳《は》せても、刻印泥棒という汚名を着せられて海賊に堕ちた。理由があっても、隻眼の海賊として暴れたのは間違いない。処刑されなかった最大の要因のひとつはエセルバートの温情だ。

「キース、私の愛しい子、そのような礼儀は無用です……陛下のご命令とはいえ、愛しい子たちを行かせてしまい、私はどれだけ後悔したか……」

エセルバートが哀愁を漂わせながら、長身の元海賊を優しく抱き締めた。慈悲深い当主にとって、ひとりで厠《かわや》に行けない子供も隻眼の大男も変わらない。

「………」

キースの鋭い目は宙に浮いているが、エセルバートの腕を拒んだりはしない。

「前も言いましたが、私を父とも母とも思ってください。これからは心安らかにともに神に祈りましょう。海賊討伐など、危険な目には遭わせません」

「…………」

「よくご無事で……ようお戻りです。神に感謝します」

エセルバートは幼子にするように、キースの削げた左右の頬にキスをした。

隻眼の大男が石化しているから、蒼太は噴きだすのを懸命に堪える。キースの仲間たちは子供たちのキスの嵐に応じるのに必死だ。

一日千秋の思いで待っていたキースたちが無事に帰還したのだから、蒼太は喜びに浸っていられない。

「おっしゃ、キャベツはぎりぎり間に合ったぜ」

海上からリクエストがあったレモンガーリック塩焼きそばを作ってやりたい。トンカツや唐揚げなど、海の男たちの大好物をたくさん並べたい。

「アンブローズ、今日のランチはサフォーク海兵隊帰還記念で無料だ、ってあちこちに知らせてくれ。外国人も子供も赤ん坊もＯＫだ」

キースはもはや隻眼の海賊ではなく国王から勲章を授与された海兵隊だと広めたい。無料のパーティを開催すれば、それだけで噂は風に乗って流れていくはずだ。

「おお、稀代の吝嗇家《りんしょくか》が狂った」

アンブローズに大袈裟《おおげさ》に驚かれ、蒼太はその場で足を踏みならした。

「おい、三流詩人、俺はケチってわけじゃねぇ」

アンブローズだけでなくダンやグレアムにも吝嗇家だと誤解されたままだ。蒼太にもいろいろと言い分がある。

「エセルバート様が教会に喜捨《きしゃ》しようとしたらいつも止めるのに」

「当たり前だ。先代様もエセルバート様も教会の坊主にやられたんだぜっ」

「ソータの料理を食べたくても、食べられない庶民が多い。客になるとは思えないけれど、教えてもいいのか？」

エセルバートは莫大な資産を所有し、統治するサフォークは国内でも裕福な領民が多い土地だが、その日暮らしの貧しい家庭はあるという。夫を失った女性が子供を抱え、苦しむケースが多いらしい。慈善活動に励んでいる果物屋のメラニーから現状を聞き、蒼太も対策を考えていたところだった。さしあたって、忙しすぎて手が回らない。

「貧困家庭も歓迎する。孤児も病人も大歓迎だ。料理を持ち帰ってもいいからバレないようにしろ……じゃねぇ、盛大に知らせてくれ。……あ、施設や母子家庭には早馬で知らせてくれ。招待だ」

かくして、ストラトフォード城はお祭り騒ぎになった。もっと言えば、サフォーク領内が俄《にわ》かに色めき立ったらしい。

常日頃、珍しい絶品料理を食べたくても料金の問題で諦めている庶民が多かったという。蒼太も当初は借金返済が目的だったし、人手がなかったから、あえて強気の値段設定にしたのだ。今現在、借金は綺麗に返済し、充分すぎるほどの税収入を見込めるようになっていた。まずもって、金銭的な不安はない。浮き世離れした当主が罠に落ちなければ。

「……よしっ、ミートローフとトンカツの下準備をしておいてよかったぜ。キースたちがいるならガッツリメニューが中心だ」

吊している牛肉や豚肉の塊を眺めたが、長い航海後の船乗りにはビタミンが必須だ。デトックスウォーターを確認しつつ、ザル代わりの籠で泥がついたままの野菜を洗った。ホウレンソウやエンダイブやアーリーレッドなど、旬の野菜にカットしたリンゴと干し葡萄を混ぜ、グレープシードオイルとアンチョビで作った特製ドレッシングで和える。トッピングは軽く炒ったスライスアーモンドだ。

ビタミンCたっぷりのカリフラワーはマリネにしたが、肉食の男たちが食べてくれるとは思わない。

「……あ、鮭フレークをブチ込んでやろう」

大きな鍋で生鮭を五分ぐらい茹で、ザル代わりの籠で湯を切った。皮や骨や血合いなどを手早く排除し、鮭の身をほぐす。

大きな鍋にほぐした身と白の葡萄酒と塩を入れ、火打ち石で火をつける。木べらで零れないように混ぜ、水分を飛ばす。

「……ここで醬油を入れたら俺の知っている鮭フレークなのに……醬油の代わりに特製ブイヨンをちょっと垂らすか……」

牛や豚の骨や根菜を煮詰めて作った特製ブイヨンを加え、ほぐした身がバラバラになるまで炒る。

これで鮭フレークのできあがり。

……あぁ、炊きたてご飯でおにぎりにして焼き海苔《のり》で巻きたい。

焼き海苔がない。

お茶漬けでも食べたい、と蒼太は鮭フレークと残った米に湯をかけた自分のまかない食を考える。自分が日本人だと痛感する瞬間だ。

「……あ、鮭フレークはブロッコリーのマリネに混ぜるより、サラダに混ぜたほうが美味いかな？　……けど、あいつらはブロッコリーのマリネは食べてくれないはずだ……いや、あいつらに野菜を食わせようとしたら肉がいる……細切り大根に生ハムは美味い。塩漬け豚肉で巻いた大根も美味い……あぁ、もういいや。悩んでいる間に料理を作ろう」

蒼太は肉体派青年の好みを考慮しつつ、メニューを組み立てようとしたが、さっさと手を動かすことにした。迷っている間に一品できる。いざとなれば子供たちに言い含め、大男の口にブロッコリーや大根を突っ込ませればいい。

無骨《ぶこつ》な海の男たちは揃いも揃って子供に甘かった。キースやジョーイといった元海賊たちにしてもそうだ。

早馬や伝書鳩も駆使《くし》した宣伝に効果があったのか、あっという間に客が食堂に詰めかけたらしい。施設の子供たちや慈善団体に世話になっている母子たちは恐縮しているという。エセルバートやジョーイ、おしゃまな女児たちが緊張を解きほぐしたそうだ。

コーディが真っ赤な顔で飛び込んできた。

「ソータお兄ちゃん、あのね。ロレーヌの海賊にやられた港町のおじちゃんやおばちゃんたちがキースにプレゼントを持って来たの。でも、キースお兄ちゃんは受け取らないの」

ロレーヌ出身の海賊に多くの港町が被害を受けたという。

それなのに、レイブル王国の海軍は遅れを取っていた。キースが捕縛していなければ、被害は拡大していたに違いない。

「その港町のおじちゃんやおばちゃんたちはキースに感謝しているんだ。受け取るように言え」

照れ屋め、と蒼太は心の中でキースを揶揄《やゆ》しながら大皿に茹でたブロッコリーと茹でたウズラの卵とエビをクリスマス・ツリーのように高く盛った。プチトマトの代わりに、砂糖漬けのさくらんぼと茹でた小豆をトッピングする。マヨネーズタイプのドレッシングで軽く和えているが、ミモザサラダの変形バージョンだ。

健康的なパーティーメニューに、コーディの目はキラキラ輝いた。

「キースお兄ちゃんは逃げたけど、ジョーイお兄ちゃんが代わりにもらった」

「そうか」

「あのね。施設の子供たちもシスターと一緒に来ているの。いいんだよね？」

長い内戦の弊害らしいが、孤児の多さは現代日本と比べようもない。教会が施設を兼ねているところが多かった。

「当然だ。いくらでも食え、って言うんだ」

たぶん、招待状が効を奏したのだろう。領主の館だと尻込みせず、子供たちを引率《いんそつ》したシスターの英断に蒼太は惜しみない拍手を送る。

「うん、施設の子供たちはこんなお城も初めてだし、ご馳走も見たことがないんだって。ジョーイお兄ちゃんと話が弾《はず》んでいたよ」

施設育ちのジョーイと施設の子供たちの話が合うのは当然かもしれない。蒼太の腕に妙な力が入る。

「そうか……子供も多いのか？」

「おじちゃんもおばちゃんもお婆ちゃんもお爺ちゃんもお兄ちゃんもお姉ちゃんも子供も……赤ちゃんもいるよ。大広間だけじゃ足りないから、隣の広間も食堂にした」

普段、食堂として解放している大広間だけで足りなくなれば、続いている広間も使用した。すでに蒼太が指示しなくても、コーディはよく心得ている。

「よしっ……とりあえず、デトックスウォーターで乾杯させろよ」葡萄酒で乾杯じゃなくてデトックスウォーターで乾杯させろよ」

記念パーティであっても、スターターはビタミンやミネラルが豊富なデトックスウォーターだ。山盛りのサラダやミートローフ、蜂蜜漬けのレモン、摺り下ろした大根とチーズをジャガイモの粉で丸めた大根餅《だいこんもち》もどきの大根ボール、ホロホロ鳥とブロッコリーのホワイトシチューなど、子供たちにも手早く作った料理を運ばせる。

マーヴィンを筆頭とするやんちゃ坊主たちには、ブレッド代わりのシューの山盛りだ。クリームや具が入ってないシューは、ジャムやチャツネをつけて食べても、ホワイトシチューをつけても美味しい。

「客が多いならお助けメニューのフライドポテトに鶏肉の唐揚げだ」

蒼太は山盛りのフライドポテトと鶏肉の唐揚げを揚げる。グレアムやアンブローズが顔を出したから、問答無用で食堂に運ばせた。

コーディに豚肉と白菜の重ね焼きを持たせた後、ジョーイが軽やかな足取りで厨房に入ってきた。

「師匠《ししょう》、手伝うよ」

ジョーイは元海軍兵士にも元海賊にも見えない中性的な美形だが、中身はなかなか剛胆だ。海賊の中で料理番をしていたこともあり、蒼太の弟子になった。

「弟子、いい心がけだが今日は主役だ。ゆっくりしていろよ」

蒼太はこうやってジョーイと一緒に厨房に立てる日を一日千秋の思いで待っていた。喜びを分かち合いたいが、トンカツの二度揚げの真っ最中だからそういうわけにもいかない。

「俺もキースも施設育ちの孤児だから、ああいう華々しいパーティは苦手だ」

ジョーイは溜め息混じりに言うと、胸元を緩め、袖をまくった。海の男とは思えないぐらい肌が白い。

「華々しいパーティって単なる食べ放題だろ」

「それがあちらこちらのお貴族様がやってきて参った。キースは仏頂面で黙りこむし、ほかの奴らは施設の子供とじゃれながら食っているし……」

「ジョーイは口下手なキースのフォローをしてやれよ」

「エセルバート様がいるから俺は下手にフォローしないほうがいい……えっと、この牛肉を鍋に入れたらいいんだな？」

ジョーイは花のような笑顔を浮かべ、吊していた牛肉の塊を大きな鍋に放り投げようとした。

間一髪、蒼太はすんでのところで止めた。

「ジョーイ、待て。なんの下準備もしていない牛肉をいきなり鍋に放り込むな」

相変わらず無茶をやりやがる、と蒼太は心の中でそっと呟いた。

ジョーイは海軍では潮の流れを読んでいたらしいが、料理音痴という形容をつけたくなる弟子だ。

「師匠の料理は難しい」

「俺は船上でジョーイがどんな料理を作っているか心配だった」

蒼太の最大の懸念はどんなに教えても上達しない弟子の料理の腕だった。卵を割って、卵白と卵黄をわけることもできなかったのだから途方に暮れたものだ。弟子が床に落とした卵の数を覚えてはいない。

「師匠が持たせてくれたフルーツケーキはいつまで経っても美味かったぜ。カビも生えなかった。酢漬けの野菜も食えた」

「そうか。よかった」

「いつも感心するけれど、ソータが焼くブレッドは美味いな」

ジョーイは焼き上がったばかりのフェンネルのブレッドをつまんだ。蒼太はジョーイが焼いた無残なパンが脳裏にこびりついている。

「ちゃんと一次発酵《はっこう》も二次発酵もしたよな？　ガス抜きも忘れていないな？　材料を捏《こ》ねただけで焼いたりしていないよな？」

せっかくブレッド作りに最適な小麦粉も酵母《こうぼ》も使っているのに、ジョーイが焼き上げたブレッドは真っ黒だった。もしくは、粉っぽい塊だ。蒼太も初めて焼いたブレッドはイーストを使ったにも拘わらず失敗したが、ジョーイの手から生みだされるブレッドは常軌《じょうき》を逸している。

「俺のブレッドには誰も期待していない」

「いったい何を食わせていたんだ？」

「壊血病予防に生の果物や野菜は腐るまでそのまま食わせた。チーズもナッツもそのまま。師匠の持たせてくれた酢漬けの野菜やブレッドやビスケットやジャムに助けられたぜ」

「ブレッドぐらい焼けるようになろうぜ」

蒼太が山盛りのトンカツを大皿に盛った時、タイミングよく年長組の少女たちが戻ってきた。塩レモンを添えて、少女たちに持たせる。

白ワインソースをかけたサーモンの鉄板焼きやレンコンで挟んだハンバーグはしっかりした子供たちに運ばせた。ヨチヨチ歩きの子供たちには、タイムのブレッドと洋梨のチャツネだ。パイ生地にライチョウとチーズと茹でた大豆を詰めていると、厨房に黒ずくめの悪魔が出現した。

……いや、強盗だ。

「……うわっ、強盗？　……じゃねぇ、キース？　主役がこんなところに来るな。戻れよ」

不審者だと見間違えたが、ロレーヌ出身海賊討伐の立役者《たてやくしゃ》だ。今日は大広間の中心にいなければならない人物である。

　けれど、キースは蒼太の言葉を無視し。厨房の壁によりかかった。尋常ならざる迫力の大男がいるだけで、厨房が嵐の中の船上に見える。

「……おい、キース、置き物のふりをするな」

　蒼太は呆れ顔で注意してから、ライチョウとチーズのパイに火を通し始めた。傍らでは洋風の茶碗蒸しを蒸している。当然、深い鉄板そのものに卵液を流し込んだタイプだ。いちいち、椀で作っている余裕はない。

「…………」

「照れ屋、ひょっとして褒めちぎられるから逃げてきたのか？」

　蒼太がからかうように言うと、キースの仏頂面がますますひどくなった。ダンも無骨だが、キースはさらにひどい。

「…………」

「褒められるようなことをしたんだから堂々と褒められてこい。第一、集った客は褒めたいんだぜ」

「…………」

　とうとう蒼太は厨房の銅像に変化を遂げたキースを説得するのは諦めた。海軍最強と謳《うた》われていながら、罠にはめられた理由がわからないでもない。出自《しゅつじ》も大きいが、この性格も誤解されたのだろう。

「照れ屋って損だな」

「…………」

「まぁ、称賛されて恥ずかしいならここにいろ。ジョーイの不器用ぶりを観察すればいいさ」

「……口が悪いな」

キースは独り言のようにポツリと零したが、蒼太は相手にしなかった。何せ、ジョーイが炊き上がったばかりの鴨肉と芽キャベツのピラフの釜を倒しかける。

「ジョーイ、敵は倒しても釜を倒すなーっ」

蒼太の絶叫が厨房に響き渡ったが、釜の鴨肉と芽キャベツのピラフは無事だった。ライチョウとチーズのパイや洋風茶碗蒸し、レモンガーリック塩焼きそばとともに子供たちに運ばせる。

やんちゃ坊主軍団にはニンジンやカブの甘酢漬けを持たせた。おしゃまな女児たちには鶏のレバーだ。

「……あの子たち……うちの子たちは本当にいい子だろう」

蒼太が同意を求めるように言うと、キースやジョーイは同時に大きく頷いた。ふたりの子供に対する愛は疑いようがない。

「……いい子たちばかりなんだ。子供たちの間でいじめもないし、ケンカもないし、仲がいいし、本気で神様やら妖精を信じているし……なのにさ……なんかさ……本当の親の愛に飢えていると思うか？」

蒼太の支離滅裂《しりめつれつ》な言葉に、ジョーイは明るく笑った。

「師匠、何があったのか最初からすべて話してくれよ。孤児には孤児のプライドや悲哀があるし、顔も名も知らない実の親に対する思いもいろいろと複雑なんだ」

ジョーイの言葉に推され、蒼太はあったことを包み隠さず明かした。エセルバートはなんの頼りにもならず、ダンやグレアムたちがやんちゃ坊主をマークしていることも。

ジョーイとキースはこれ以上ないというくらい真剣な目で聞いていた。厨房の温度が下がったような気がしないでもない。

「……どういうことだと思う？　マーヴィンたちの単なるつまみ食いじゃないよな？」

蒼太が鍋の火加減を確かめながら語り終えると、キースとジョーイは同時に同じ言葉を言った。

「問い詰めるな」

施設育ちのふたりの意見を聞き、蒼太は反射的に頷いた。

「……わ、わかった」

「俺たちも協力するから、誰が焼き菓子を盗んでいるのか、正しく目で見て確かめろ。そのうえで誰に渡すのか、気づかれないように追うんだ」

ジョーイは一気に黒幕まで辿り着く戦法を口にした。キースも同意するように無言で相槌を打つ。

「泳がせるのか？」

「そうだ。こういったことで疑われるのが一番辛い」

過去に窃盗の濡れ衣を着せられたことがあると、ジョーイは悔しそうに唇を噛み締めた。キースの渋面もさらにひどくなる。

「やんちゃ坊主たち犯行説が濃厚なんだ」

蒼太がリンゴを摺り下ろしながら言うと、ジョーイはジャガイモを手に言い放った。

「何か理由があると思う。マーヴィンは義理っていうか、友情っていうか、何かで告げられないのかもしれない。こっちが気づいてやるしかないんじゃないか？　何があったのかわからないけれどな……」

「キースとジョーイも協力してくれ」

蒼太が問答無用で言い切ると、ジョーイとキースは大きく頷いた。どちらもやんちゃ坊主を可愛がってくれている。

気がかりなことを相談していたら、コーディが駆け足でやってきた。

客が依然として増え続けているという。追加メニューは大豆とグリーンピースのサラダ、砕いたヘーゼルナッツを塗《まぶ》したおからボール、甘栗と旬のキノコの炊き込みピラフだ。ヒラメのハーブ焼きは鉄板のまま運ばせた。

ディナー用の野菜のテリーヌやシュー生地で包んだ巨大なチーズハンバーグも回す。細く切ったジャガイモで包んだ塩漬け豚や蜂蜜漬けの大根も回した。

「……ま、まだまだお客さんが増えている？　……広間をまた開放したのか？　……ああ、部屋と食器はいくらでもある。要は俺の体力だ……ディナーは無理っ」

この時点で今夜のディナー営業は中止だ。

その代わり、このままランチ営業をディナー開始時間まで続ける。

タイミングよく顔を出したアンブローズに告げると、軽い足取りで伝えに行ってくれた。早馬や伝書鳩も使って広める。

即座に伝わったらしく、怒濤《どとう》のように客が押し寄せてきたという。どうやら、新客が多いそうだ。

「……胃袋を満たすなら肉と米だ。濃いフォンで味付けた牛の塊肉と野菜のピラフ、豚肉とキノコとチーズのピラフ……こっちはホワイトソースをからめてリゾット風でもいいな。鶏肉でもピラフを作るか……あ、醤油の代わりに出汁を思いっきりきかせた塩の親子丼……メシにグリーンピースを混ぜて焚くか……」

大きな釜で三種類の肉のピラフを焚く。バターをふんだんに使ったのは牛肉と豚肉のピラフで、なたねオイルを主体に使ったのは塩親子丼もどきの鶏肉と卵のピラフだ。塩親子丼のトロトロの卵部分は大きな鉄板でさっと火を通してからピラフに乗せた。

「ソータお兄ちゃん、隣の港街からたくさんシスターと子供たちがやってきたよ。いいんだよね？」

「コーディ、当たり前だ。子供たちに吐くまで食べろ……いや、吐くまで食べたら大変だけど、たくさん食べろ、ってな」

「うわ～っ、ライス料理がこんなにあるのは初めてだね？」

「米は偉大だ。熱いうちに運んでくれ」

三種類の肉のピラフを運んでも、客足は一向に止まらない。陸から海から、噂を聞きつけてあちこちから集《つど》ってきているようだ。

「米と肉で手早く満足させたいけど、やっぱり野菜は必要だ。ジョーイ、大根を洗って千切りにするぐらいできるよな？　大根を細く切って、俺の作ったドレッシングで和えるだけでいい」

蒼太は弟子に大根のサラダを作らせようとした。作業台の大きな籠にはおおぶりな大根が何本もある。

「師匠、任せろ」

ジョーイが綺麗な笑顔で手にしたのは大根ではなくレンコンだった。芸人根性を披露《ひろう》しているわけではない。

「ジョーイ、大根とレンコンの区別がつかないのか？」

蒼太が素っ頓狂な声で尋ねると、ジョーイはレンコンを手に首を傾げた。

「……え？　これは大根じゃないのか？」

「……うん、それはレンコンだ。大根は隣のヤツ」

「これか？」

「ジョーイ、それは白菜だ」

弟子にサラダを作らせようとしたら余計な手間がいるが、ちゃんと目を光らせていれば大根のサラダはできる。

……できると思ったが、ジョーイはナイフで指を切った。

「うわっ」

たらり、とジョーイの船乗りとは思えない指から血が滴り落ちた。もっとも、慣れているらしく、ジョーイ本人はまったく慌てない。

「ジョーイ、もういい。ナイフは握るな。パン粉を作ってくれ。そこにあるパンを千切ってくれーっ」

ジョーイにパン粉作りを任せ、蒼太が大根と芽キャベツで手早く作った。ドレッシングはヘーゼルナッツオイルを主に卵黄やアンチョビを使ったドロリとしたタイプだ。トッピングはディナー用のツナと刻んだハーブである。

白菜のサラダともやしのサラダもさっと作って、おしゃまな女児たちに運ばせた時、パン粉の山がいくつもできていた。蒼太が千切るより荒いパン粉だが、揚げ物に使えないほどではない。

「師匠、まだまだ千切るのか？」

「よしっ、揚げ物攻撃に出るぜっ」

「このパン粉を肉につければいいんだな？」

「ジョーイ、だから生肉にそのままパン粉をつけるなっ」

蒼太は弟子の暴挙に注意しつつ、揚げ物の下準備をした。

子供たちは駆け足で戻ってきては、大興奮で食堂の様子を伝える。蒼太の心も弾み、クライマックスともいうべき揚げ物に突入した。

ソースは塩、塩レモン、ジンジャーとハーブ塩、大根下ろしとハーブ、子羊の骨や牛スジ肉や赤ワインやタマネギなどを煮込んで作ったデミグラスソースもどき、濃厚なホワイトソース、ピクルスやタマネギをマヨネーズに混ぜたタルタルソースを大きな椀に作った。

まず、手始めにポテトフライを三十皿、ガーリック風味をつけた大根フライを十皿、チーズ入りのトンカツとチーズなしのトンカツと薄いレンコンを挟んだチーズ入りトンカツをそれぞれ大皿で二十皿、塩レモンで味付けた鶏の唐揚げを三十皿、濃いフォンで味付けした鶏の唐揚げを三十皿、大豆とエビのコロッケを十皿、カツオとチーズピラフのコロッケを十皿、豚肉と海藻《かいそう》の天麩羅を十皿、ニンジンとタマネギとイカの天麩羅を十皿、チーズとハムのドーナツを十皿、パスタと絡めたホロホロ鳥の天麩羅を十皿、丸めたパスタに栗を詰めたパスタボールを十皿、ピザ生地で包んだ地鶏のクリーム煮を十皿、ピザ生地で包んだリンゴを十皿、ピザ生地で包んだ洋梨とピスタチオクリームを十皿、揚げたところでようやく客足は止まったらしい。

体力勝負の果てに、やっとデザートに辿り着く。

「ジョーイ、キース、シメの挨拶ぐらい一緒にしようぜ。俺が挨拶をする。キースとジョーイは隣で立っているだけでいいからさ。せっかく集ってくれたお客さんに失礼だぜ」

蒼太の提案に照れ屋の元海賊は異議を唱えなかった。素直に三段重ねの巨大なプラムケーキを持ち、蒼太の後にのっそりと続く。

ジョーイには米で作ったライスプディングを回した。

コーディには栗のタルトを持たせ、年長組の少女たちにはアーモンドクリームとアプリコットジャムのスコップケーキを任せる。しっかりした子供たちにはリンゴのムースやカボチャのプディングを持たせ、ヨチヨチ歩きの子供たちには塩レモンのビスケットだ。普段より、デザートメニューも多い。

蒼太はドライフルーツやナッツをふんだんに混ぜた円形のバターブレッドを手にした。

リンゴ酒をふんだんに使った大人のブレッドだ。仕上げ用のリンゴ酒のボトルも忘れない。

案の定、食堂に顔を出した途端、割れんばかりの拍手に迎えられる。

料理への称賛より、キースやジョーイに対する称賛が多い。もちろん、蒼太は自分の料理が褒められるより嬉しい。

「皆様、ようこそいらしてくださいました。料理長の蒼太です。今日は海の英雄たちが無事に帰還した記念すべき日です。皆様と一緒に英雄を迎えられて光栄です」

蒼太がいつになく熱く語れば、客たちの拍手がさらに大きくなる。

頃合いを見て、ビュッフェ台に置いたドライフルーツ入りの円形バターブレッドにリンゴ酒を垂らした。そうして、蝋燭の火を近づけた。

ボッ、という音とともに円形のバターブレッドが炎に包まれる。

演出は大成功。

客たちのボルテージが上がり、蒼太は自信満々に食べ方をレクチャーした。そのままで食べてもいいいし、カスタードクリームやホイップクリームやリンゴジャムをつけて食べてもいい、と。

リンゴ酒をたっぷり染み込ませた円形のバターブレッドは炎に包まれている。

蒼太は無条件で幸せな気分に包まれた。キースの照れくさそうな顔やジョーイの笑顔、エセルバートの清らかな微笑や子供たちの無邪気な笑い声も最高だ。

最高の気分に浸った直後、蒼太はいきなりどん底に突き落とされた。やんちゃ坊主たちをマークしていたダンからそっと耳打ちされたのだ。

「ソータ、ガキたちの様子がおかしい。動く」

「動く？」

蒼太はランチの後片付けをコーディに任せ、背負っていた赤ん坊はキャロラインに託し、ダンとともにこっそりマーヴィンたちを尾行《びこう》した。キースとジョーイは先回りし、目星をつけた城門付近に潜んでいる。

予想通り、やんちゃ坊主たちは倉庫に忍びこんだ後、それぞれ身につけている衣類に焼き菓子を隠すようにして飛びだしてくる。

そうして、長い廊下をひた走った。

どこまでも続いているような葡萄園を通り抜け、伝統を誇る公爵家の紋章が刻まれた城門から飛びだす。

冷たい風もなんのその、子供たちは元気よく走り続けた。誰ひとりとして振り返ったりはしない。ヨチヨチ歩きのやんちゃ坊主も逞しい。

馬車道ではなく近道にあたる細い道を使っているが、コートネイ方面に向かっていることは確実だ。

「……あいつら……せっかくキースやジョーイが帰ってきた記念日にまで……それもこんな時間に……いったい何をやっていやがる」

……黒幕はブラッドロー元帥か？

子供を悪用してどうするつもりだ、と蒼太はいやな予感でいっぱいだが、傍らのキースやジョーイ、ダンは平然としている。言わずもがな、数多の修羅場を乗り越えてきた男たちだ。

ダンたちがいればなんとかしてくれる。

なんとかなる。

今までもそうしてきたし、なんとかなった、と蒼太は心の中で自分に言い聞かせた。

もっとも、意外なくらい早くやんちゃ坊主たちは立ち止まった。

樹齢二百年ぐらいの菩提樹《ぼだいじゅ》の根元で毛玉猫が気持ちよさそうに寝ているが、やんちゃ坊主たちは手を出さない。

あいつらが毛玉猫を構わないなんてどういうことだ、と蒼太は変なところで仰天してしまう。

木々が生い茂る中、背の高い壁が果てしなく続いている。城壁のような荘厳《そうごん》さはまったくないが、頑丈であることは確かめなくてもわかった。

「この壁はなんだ？」

蒼太が目を丸くして尋ねると、ジョーイが小声で答えた。

「この壁の向こう側からブラッドロー元帥所領地のコートネイだ」

ここが領地の境界線か、と蒼太がまじまじと周囲を見回した時、マーヴィンは壁を覆い隠すような草むらに顔を突っ込んだ。

正確に言えば、草むらごと壁に突っ込んだのだ。

「……あ、マーヴィンたちが壁に突っ込む？　……あぁ、草むらで隠れているけれど、下のほうに小さな穴があるのか？」

危ない、と思ったのも束の間、目を凝《こ》らせば草むらの向こう側の壁には小さな穴が空いている。生い茂る草木に紛れ、役人も気づかなかったのだろう。

お尻からマーヴィンが戻ってきたかと思ったら、壁の穴から薄汚れた身なりの子供が顔を出した。

「……子供が出てきたぜ。……浮浪者の子供じゃないか？」

浮浪者、といったジョーイの声音にはなんとも言い難い憐憫《れんびん》が含まれている。

マーヴィンより身長は少し低いぐらいだが、テレビ番組で見た飢餓《きが》大陸の餓死《がし》寸前の子供そのものだった。手足が小枝のように細い。

「……浮浪者？　……ガリガリじゃねぇか」

蒼太は掠れた声で言いつつ、やんちゃ坊主たちが倉庫から持ちだした焼き菓子をガリガリの子供に渡す様子を見た。

どんな会話が交されているのかわからないが、ガリガリの子供は泣いている。マーヴィンが慰めるようにキスをすると、ロニーやビリーたちも順番にキスをした。

この小さな子供たちにブラッドロー元帥が関わっているとは思えない。けれど、コートネイ側からやってきた子供だから何かしらの関係があるのだろうか。

どちらにせよ、今日、この場ですべてを明らかにする。

蒼太が飛びだす準備をすると、ジョーイは小声で言った。

「マーヴィンたちがガリガリの子供にケーキやブレッドを渡している。ブローチもやったぜ。押さえるなら今だ……顔の割に口の悪い師匠、絶対に怒るな」

ジョーイの声を合図に、蒼太はキースやダンを従えて顔を出した。

寝ている毛玉猫の前を横切り、やんちゃ坊主たちが囲んでいるガリガリの子供に視線を合わせるために膝を折る。

「友達か？　俺にも紹介してくれ」

蒼太の姿を確認した途端、マーヴィンは真っ赤な顔で力んだ。

「ソータお兄ちゃん、ママのおっぱいが出ない。おっぱいを出してーっ」

一瞬、蒼太は顎を外した。……外したと思った。ガクガクする顎を手で押さえる。

「……はっ？」

蒼太が顎を押さえたまま聞き返すと、マーヴィンは全身で意志を伝えようとした。

「赤ちゃんにあげるおっぱいがないじょ。ソータお兄ちゃん、おっぱい、ちょうだいーっ」

……赤ちゃんにあげるおっぱい？

母乳のことだよな？

こいつらは馬鹿か。

キャベツの妖精を信じている歳頃だから仕方がねぇのか、と蒼太は持てる理性を振り絞って怒鳴り返さなかった。

「……あのな、出るわけねぇだろ」

蒼太が顔を歪ませながら答えると、マーヴィンを始めとするやんちゃ坊主たちは美女さながらのジョーイに視線を流した。

「ジョーイお兄ちゃん、おっぱい、出してーっ」

「ジョーイ兄ちゃん、おっぱい、ちょうだい」

「ジョーイにいに、おっぱぱ」

「ジョーイにい、おっぱーっ」

やんちゃ坊主たちに泣きそうな顔で頼まれ、ジョーイの綺麗な女顔が盛大に引き攣った。

ダンやキースに頼まないあたり、ちゃんと選んでいる。

「……お、俺もおっぱいが出せるものなら出してやりたい……船上でおっぱいがあったら便利だったな……師匠が言っていたミルクスープとか、ミルクプリンとか、俺でも作れたのかな……」

ジョーイはどこか遠い目で現実逃避しかけたが、蒼太は肩を揺さぶって引き戻した。

「ジョーイ、吊られるな」

「ソータ、おっぱい、ってよく考えてみれば便利だよな」

「しっかりしてくれ」

蒼太が力の限りガクガク揺さぶると、ジョーイはようやく自分を取り戻したようだ。長い睫毛に縁取られた瞳が強く光る。

「……ソータ、このガリガリの子はあれだ。あの犠牲者だ」

「ジョーイ、突然、どうした?」

「王都でも寄港先でも耳に入ったが、ブラッドロー元帥の圧政《あっせい》はひどいらしい。領地では餓死者が出ているそうだ」

ジョーイが凄艶な美貌を辛そうに歪めると、キースも賛同するように無言で頷いた。ダンもコクリと相槌を打つ。

「……餓死?」

蒼太もブラッドロー元帥の悪評は聞いているが、領内で餓死者が出ているとは知らなかった。けれど、航海から戻ってきたばかりのジョーイは最新情報を手に入れていた。

「特に砦《とりで》を作っているコートネイでは餓死者が多いらしい。……まぁ、ブラッドロー元帥はコートネイの領民を砦建設に駆り立てている。働き手を義務とやらの労働に取られ、残った家族は飢え死に……」

ジョーイの言葉を遮るように、蒼太は真っ青な顔で叫んでいた。

「……こ、この子……この子のガリガリは飢え死に寸前のガリガリ？」

蒼太が痩せ細った子供を改めて眺めると、舌足らずの声が聞こえてきた。

「……僕はジミー……マーヴィンたちから聞いているの。黒いおめめのソータお兄ちゃん？」

ジミーと名乗った子供は大きな目で蒼太を真っ直ぐに見つめた。マーヴィンたちからどんな話を聞いているのか不明だが、蒼太に縋りつくような目をしている。

「そうだ。ジミー、初めまして」

蒼太はにっこりと笑うと、ジミーの痩せ細った身体を優しく抱き締めた。それだけで、ジミーは安心したように身体の力を抜く。

「……ソータお兄ちゃんは妖精使いね？　ママを助けて。お姉ちゃんもお婆ちゃんも助けて。エセルバート様に言っちゃ、めーなの。でも、僕もお姉ちゃんもお腹がぺこぺこなの。

赤ちゃんもペコペコなの」

よりによって妖精使いかよ、と蒼太は心の中だけで文句を零す。

なんといっても、小枝のような身体が痛々しくてたまらない。今すぐ栄養たっぷりの食事を摂らせ、丸々と太らしてやりたい。

「ジミー、俺は妖精使いじゃないけれど助けてやる。助けてあげるからもうちょっと説明して」

「……パパがいなくなたの。お祖父ちゃんも叔父ちゃんもお隣のお兄ちゃんも水車のお兄ちゃんも風車のお兄ちゃんもいなくなたの。ママは赤ちゃんを産んだら倒れちゃったの。僕もみんなもお腹がぺこぺこなの。マーヴィンたちに会ったら、モグモグをくれたの。モグモグでお姉ちゃんがおっきできるようになたの」

ジミーの言葉は要領を得ないが、瘦せ細った身体やみすぼらしい身なり、穴だらけの靴を見れば、どんな生活をしているか手に取るようにわかる。たぶん、男手を賦役《ふえき》として奪われ、困窮している一家の子供だ。

自然に蒼太の目が潤んでしまう。

「……そ、そうなのか……そうなのか……」

蒼太が涙目でジミーを抱き締めると、マーヴィンが大声で言った。

「ジミーのママはマーガレットだじょ。僕たちのママ～っ」

マーガレットという名には聞き覚えがある。ストラトフォード公爵家に仕え、孤児たちの乳母のような存在だった女性だ。確か、コートネイで暮らしていると聞いた。

「マーガレット？　母乳をもらったマーガレットのことか？」

「マーガレットのおっぱいが出ないの。ソータお兄ちゃん、マーガレットのおっぱいを出して。赤ちゃんにおっぱいあげて」

子供たちの言葉を総合すれば、夫がいなくなった後に出産し、乳飲み子に飲ませる母乳も出ないぐらい痩せ細ったマーガレットが思い浮かぶ。

蒼太と同じ予想をジョーイやダン、キースもしたらしい。それぞれ、甲乙つけ難いぐらい目が曇った。

「マーヴィン、ジミーがお腹ペコペコだって聞いて、倉庫からお菓子を運んでいたのか？」

蒼太はジミーを優しく抱いたまま、マーヴィンに視線を流した。すでにジョーイが感極《かんきわ》まったらしく、潤んだ目でマーヴィンを抱き締めている。

「うん」

マーヴィンはジョーイの腕の中であっけらかんと認めた。まったく悪びれてはいない。

「洋服やブローチもジミーにあげたね？」

「うん」

「なんで言わなかった？」

ジミーがマーガレットの息子だと知れば、マーヴィンたちの行動は納得できるようで納得できない。エセルバートに明かせばそれですんだ。慈悲深い領主ならば、マーガレットのために腐心したはずだ。

「エセルバート様が恐いおじちゃんに怒られるから」

し～っ、とマーヴィンは口に人差し指を立てる。内緒、のポーズだ。ほかのやんちゃ坊主たちもいっせいに小さな人差し指を口の前に立てた。

「……恐いおじちゃん？　いったい誰のことだ？」

蒼太が怪訝な顔で首を傾げると、それまで無言だったキースが初めて口を挟んだ。

「ソータ、ブラッドロー元帥のことだ」

キースの言葉を聞き、ジミーは蒼太の腕の中でコクリと頷いた。どうしたって、蒼太は釈然としない。

「そんなの、エセルバート様が困っているマーガレットを助けたらクソオヤジ元師はブチ切れるのか？」

「ああ」

「わからねぇ」

「ブラッドロー元帥はそういう奴だ」

キースは輝かしい武功を立てたブラッドロー元帥になんの尊敬も抱いていなかった。ジヨーイやダンにしてもそうだ。

「クソオヤジ元帥がなんだ。子供にひもじい思いをさせた時点でアウトだ。助けるぜっ」

蒼太の正義感が燃え上がったように、キースやダン、ジョーイの心にも火がついたらしい。エセルバートの承諾も得ず、この場で行動することに決めた。話を聞く限り、悠長なことはしていられない。

「この足でマーガレットに会おう。話を聞く」

ほかの領内に入るには関所を通って、役人の審査を受けなければならない。戦時中でなければ、身分が証明されたらすんなり通れるという。ただ、女性の往き来は難しいと聞いた。

「ソータ、危険だ」

キースだけでなくダンにも止められ、蒼太は目を吊り上げた。闘う男たちの意見は無視できないが、どうにもこうにも承服しかねる。

「どうして？　俺はお尋ね者じゃないから関所破《せきしょ》りをしなくても通れるだろう？」

「ブラッドロー元帥がピリピリしていると言っただろう」

「俺がコートネイに入ったらヤバいか？」

先日、ブラッドロー元帥に雇われた自称・妖精使いが乗り込んできたことを思いだした。ひょっとしたら、顔もバレているかもしれない。何せ、今まで自分以外に東洋人を見かけたことがなかった。

「ああ」

「……なら、俺もジミーが出入りしている穴を使う。地面を少し掘れば俺もギリギリなんとかいけるはず……たぶん、俺とジョーイは大丈夫だと思う」

蒼太はジミーがこっそり出入りしていた壁の小さな穴を見つめた。ジミーが無我夢中で掘ったのか、地面がだいぶ抉《えぐ》られている。あともう少し地面を掘れば、蒼太は通れるに違いない。成人男性には無理だろうが。

「ソータ、可愛い顔をしてやることがすごいな」

ジョーイは驚いたように壁の穴に視線を流したが、反対はしなかった。キースやダンも憮然とした面持ちで壁の穴を凝視している。波風立てずにマーガレットに会うためには、この壁の穴を使うしかない。

「元海賊、人のことが言えるか」

「マーヴィンを連れて行こう。もし、役人に見つかったら、子供を追って彷徨《さまよ》い込んだ、って惚けるんだ」

ジョーイは覚悟を決めたように言うと、抱いていたマーヴィンの頭部にキスを落とした。頼むよ、と宥めるように。

「わかった。キースとダンはビリーたちと待機だ。何かあったら子供たちを守りながら俺たちも助けろ」

　蒼太がきつい目で叩きつけるように言うと、ダンとキースはどちらからともなく視線を合わせ、シニカルに口元を緩める。

「ソータ、希《まれ》に見る横暴な奴だ」

　ダンの文句を蒼太は風のように聞き流した。

「ダン、ぬかるなよ」

　蒼太の言葉に触発されたのか、ダンとキースは修羅を知る男の目で高い塀を見上げる。長身のふたりより遥かに高い塀には尖った鉄が設置されていた。向こう側にも何か罠が仕掛けられている可能性がある。

　トントン、とダンは調べるように叩きながらボソリと言った。

「この壁なら破壊できる」

　ダンの見解に蒼太は驚愕したが、キースはあっさりと同意した。

「そうだな」

　蒼太は多くの戦場を潜り抜けてきた騎士たちが頼もしい。

　マーヴィンとジミーに言い含め、蒼太はジョーイとともに細心の注意を払って小さな穴からコートネイに侵入した。

　その瞬間、目を疑った。

豊かな緑に覆われ、鳥がさえずり、毛玉猫がのほほんと安眠を貪《むさぼ》っていたサフォーク領内とはまるで違う。

草木は生い茂っているというより荒れ放題に伸び、大半は枯れているし、腐っている木々が目につく。細い道を塞ぐように大木が倒れているし、倒壊している木造の一軒家の残骸が並んでいた。壁のない家や屋根のない家には野犬や鶏の死骸《しがい》が散乱している。古い井戸や壊れた煙突には黒いカラスが何羽も止まっていた。活気のあるサフォークの港町や蜂蜜色のレンガが並ぶ居住区とは比べようもなく、廃墟と称しても過言ではない集落だ。

「……廃墟？」

蒼太がポロリと零すと、ジョーイは絞った声で答えた。

「俺が聞いた噂よりマシだ。道端で腹を空かせた母親が生まれたばかりの赤ん坊を茹でて、餓死寸前の家族に食わせていないからな」

ジョーイが語る地獄絵図が蒼太には想像できない。無意識のうちに、想像することを拒否しているのだろう。

「……え？」

「飢饉時にはどこにでもあった話だぜ。母親の苦肉の選択だ」

エセルバートは飢饉の時には税金を免除し、城内に備蓄していた食糧を分け与えたという。聖なる魂の所以《ゆえん》だ。

蒼太の目から涙が溢れる。

……いや、そんな場合ではない。

「……う……っと、ジミー、マーガレットのところに連れて行ってくれ」

蒼太が涙を堪えて言うと、ジミーは小さな指で廃墟の一角を差した。カラスが獲物を探し当てたかのようにジミーの頭上で舞う。

「すぐだよ」

「すぐ？」

「ここ」

ジミーの小さな指先は崩れかかった一軒家だった。煙突はあるが、使っている形跡は感じられない。

「……か、傾いているじゃないか」

蒼太は呆然としたが、ジミーとマーヴィンは焼き菓子やジャムの瓶を持ったまま勢いよく飛び込んだ。

案の定、外観に似つかわしい粗末な部屋だ。ドアを開ければ、すぐに厨房も居間も寝室も兼ねている部屋があった。厨房にある古い桶《おけ》に水はまったくないし、穴が空いた籠には干からびたニンジンの切れ端があるだけ。食糧がまったく見当たらず、竈を使った形跡もない。今にも倒れそうなテーブルには、外で摘んだ雑草が載せられていた。ひょっとして、雑草を食べようとしたのだろうか。

ボロボロの寝台にはガリガリに痩せ細った女性に幼い男女、赤ん坊が横たわっている。突然の来訪者に応対できないぐらい衰弱しているようだ。

蒼太は愕然としたが、マーヴィンは寝台の女性に向かって飛びついた。

「……ママ？　ママ？　マーガレット・ママ？」

マーヴィンが涙目でキスをすると、マーガレットと呼ばれた女性は枯れ木のような腕を動かした。

「……え？　マーヴィン？　マーヴィンなの？」

意識はしっかりしているらしく、金髪碧眼のやんちゃ坊主の名を口にする。掠れた声には深い愛が溢れていた。

「うん、マーヴィンだじょ。ママ、会いたかったーっ」

「マーヴィン、大きくなって」

「ママ、おねんね？」

マーヴィンは寝台から起き上がることのできないマーガレットを心配そうに覗いた。潤んだ目から大粒の涙がポロリと零れる。

「……ご、ごめんなさいね」

マーガレットは全精力を振り絞り、上体を起こそうとした。しかし、力が入らないようだ。

「ママ、病気？」

起き上がらなくてもいい、とばかりにマーヴィンはマーガレットを寝台に押し戻した。手のつけられない腕白坊主だが、本能でそれなりにわかっているらしい。

「大丈夫よ」

「ママ、大好き」

「私もマーヴィンが大好きよ」

「ママ、モグモグして」

「ジミーから聞いたけれど、ソータお兄ちゃんっていう妖精使いがくれたの？」

「そうだよ。モグモグして。たくさんモグモグして。赤ちゃんにおっぱいあげて」

マーヴィンとマーガレットの会話をBGMに、蒼太は痩せ細った小さな子供たちに視線を止める。哀れでならないが、決して泣いたりはしない。

「ジミー、この子たちはジミーの弟や妹かな？」

蒼太が優しい声音で尋ねると、ジミーは肯定するように頷いた。

「うん」

「……赤ちゃん？」

日頃、蒼太が背負っているセアラとはまったく肉付きの違う赤ん坊が痛々しい。目は死んだ魚そのものだ。

「うん、泣いてばかりいたのにもうずっと泣かないの」

「泣く力もなくなったんだ……いや、まだ大丈夫だ……あ、ボツリヌス菌……蜂蜜を舐めさせたらヤバイ……ジミー、赤ちゃんに蜂蜜漬けの果物とかあげたのか？」

倉庫から蜂蜜漬けの果物がなくなっていたことを思いだした。常日頃、乳幼児には蜂蜜禁止を言い渡しているが、やんちゃ坊主たちがどこまで理解しているのかわからない。

「ママが蜂蜜は駄目、って」

栄養学が確立されていなくても、蜂蜜の危険性は把握しているらしい。蜂蜜は栄養価が高いが、乳幼児に摂らせると危険だ。

「よかった。知っているんだ」

「ソータお兄ちゃん、ケーキをあげていい？」

ジミーは自分も空腹なのに、もらったばかりのケーキを小さな弟や妹たちに与えようとした。いじらしい長男だ。

「もちろん、好きなだけ食べたらいい。明日はもっとたくさん持ってくるからな」

こんなことなら俺も何か持っていればよかった、と蒼太は後悔したが無理もない。まさか、こんな裏があるなど、夢想だにしていなかった。

「ソータお兄ちゃん、ありがとう」

ジミーに感謝のキスをされ、不覚にも蒼太の目から涙が溢れた。

ジョーイはすでに痩せ細った赤ん坊を抱き、嗚咽を零している。蒼太は砂糖で作った洋梨のジャムを潰し、赤ん坊の小さな口に運んだ。

ゴクリ、とちゃんとジャムを飲み込む。

生命力がある証拠だ。

けれども、このままでは危ない。

ジョーイは持っていた金貨をすべてマーガレットに握らせる。マーガレットは恐縮したが、強引に押しきった。

「マーガレット、ジミーから聞きました。このままでは役人に妹さんを奪われてしまう。この金を使ってください……足りないかもしれませんが……」

ジョーイは短時間でジミーから由々しき事態を聞きだしていた。近所で暮らしている両親や歳の離れた妹も飢餓に喘《あえ》いでいるという。もっといえば、親戚一同、経済的に逼迫《ひっぱく》し、何人も亡くなっていた。ジミーは近所の親戚にもやんちゃ坊主たちからもらった焼き菓子や衣類を配っていたそうだ。

ストラトフォード公爵家が統治していた時代の豊かな面影はまるでない。たった二年ほどで変わり果てた。

「マーガレット、赤ちゃんは栄養不足です。このままだと危ない。俺に預からせてください」

蒼太の申し出に対し、マーガレットは困惑したようだ。

「ソータ？　エセルバート様にご迷惑がかかります。私は結婚前も結婚後もエセルバート様にはお世話になりましたの」

「マーガレットがエセルバート様や子供たちにとってどんなに大切な女性か、俺も聞いています。俺は他人のような気がしません」

マーガレットはストラトフォード公爵家に出入りしていた牧場主の跡取り息子と結婚したという。なんでも、ミルクやバターを運んでくる跡取り息子に口説かれたらしい。エセルバートが拾った孤児が心配で、結婚後も退職せずにストラトフォード公爵家で働いたのだ。妊娠し、出産しても退職せず、孤児たちに惜しみなく母乳を与えた。エセルバートに勝《まさ》るとも劣らない慈愛に満ちた女性だ。

ただ、五年前に先代の公爵が奸計《かんけい》に落ち、二年前にコートネイがブラッドロー元帥の所領になり、マーガレットは夫に従ったという。コートネイには実の両親や兄弟もいた。コーディやマーヴィンなど、子供たちには泣いて縋られたが、エセルバートには充分すぎるほどの報酬と笑顔で送りだされたという。

しかし、ブラッドロー元帥統治下のコートネイでの生活は過酷だった。夫のみならず父や兄弟たちがこぞって兵役や労働に駆りだされ、幼い子供を抱えたマーガレットだけでは牧場を回せなくなったのだ。そのうえ、税金は増えるばかり。

「ソータ、私も黒い目のあなたが他人のような気がしないわ。だから、迷惑をかけたくないの」

マーガレットは税金が納められず、牛ごと牧場を取り上げられ、生活の糧をいっさい失ったという。それなのに、今でも納税を迫られている。砦建設の賦役に従事している夫の生死も今は確認できないそうだ。

たった二年でコートネイは変わった。

実情を知れば知るほど、蒼太の腸は煮えくり返る。エセルバートならば絶対に領民を苦しめるようなことはしなかったから。

「迷惑ではありません。預かります」

「ブラッドロー元帥はエセルバート様を目の敵《かたき》にしています」

「ご心配なく、エセルバート様は俺たちがお守りします」

蒼太が有無を言わせぬ迫力で押し切り、死んだ魚のような目をしている赤ん坊を預かった。

名残惜しいが、悠長なことはしていられない。役人のみならず近隣の住人に気づかれる前に、蒼太は赤ん坊を抱き、ジョーイやマーヴィンとともにコートネイを後にした。

壁の向こう側で待機していたダンとキースが赤ん坊を見て、顔色を失ったのは言うまでもない。

蒼太は赤ん坊をストラトフォード城に連れて帰り、木のスプーンでミルクを飲ませた。

「ソータお兄ちゃん、キャベツ畑の妖精から赤ちゃんをもらったの？　メラニーにあげる赤ちゃんだね？」

子供たちからとんでもない誤解をされたが、マーヴィンたちが珍しく的確な説明する。

寝台で寝ていたセアラが起きたが、新入りの赤ん坊に挨拶するかのように雄叫びを上げた。

「ばぶーっ、ばぶばぶばぶばぶーっ」

セアラが元気いっぱいに挨拶をしても、マーガレットの赤ん坊は返事をしない。ミルクを飲むのに夢中だ。

エセルバートが現われたので、木のスプーンをジョーイに渡す。ジョーイは優しい笑顔で赤ん坊にミルクを飲ませた。

「エセルバート様、マーガレットが産んだ赤ん坊です。エセルバート様のせいで死にかけています」

蒼太は責めるような目でエセルバートを詰った。優艶な当主にあの荒廃しきった惨状を見せてやりたい気分だ。

「私の罪ですか？」

「そうです。エセルバート様がコートネイを手放さなかったら……っていうのは無理だけど、さっさとコートネイを取り戻していたら、マーガレットも赤ちゃんもジミーもほかの子供たちも栄養失調で死にかけたりしなかった」

「マーガレットたちにお会いしてきたのですか？」

「エセルバート様、マーガレットたちだけじゃなくて一族みんな……エセルバート様の元領民が苦しんでいる。助けてあげてください」

蒼太が荒い語気で迫ると、エセルバートは伏し目がちに頷いた。

「ブラッドロー元帥に進言しましょう」

「ブラッドロー元帥に注意してなんとかなるなら、誰も飢え死にしていねぇっ。滅多に出さない行動力を見せてくれよっ」

蒼太は自身のコントロールができずに感情を爆発させた。とめどもなく、大粒の涙が滴り落ちる。

「私の愛しい子、そんなに泣かないでください」

エセルバートの腕が伸びてきたが、蒼太は険しい顔つきで食ってかかった。

「骸骨みたいなマーガレットや子供たちを見たらエセルバート様も泣くと思う……なのに、

マーガレットはエセルバート様の立場を心配して救いを求めなかったんだ。朝も昼も夜も飲まず食わずでずっと働いて……身体を壊しても働いて……母乳も出なくなって……」

蒼太は頬を伝う涙を拭うこともせず、コートネイの現状を伝えた。

もっとも、連れてきた赤ん坊を見れば一目瞭然だ。エセルバートにわからせるためにも、強引に預かってきたのだが。

「ジェレマイア八世陛下にコートネイ返却を申し上げます」

エセルバートは痩せ細った赤ん坊を眺めながら朗々と響く声で宣言した。優雅な貴公子が覚悟を決めたようだ。

「絶対にやれ。今すぐやれ。さっさとやれ……あ、早馬を出せ。なんなら、俺が早馬……って、無理だけど、今すぐだーっ」

これ以上、餓死者を出すなーっ、と蒼太は嗚咽を漏らしながら怒鳴る。

エセルバートに宥めるように抱き締められ、キスされても、子供たちにキスされても、涙は止まらなかった。

第六章

　聖母マリアが滅多に見せない行動力を発揮したのか、宰相候補筆頭の凄《すご》みか、君主のご学友への寵愛《ちょうあい》か、蒼太の料理が楽しみなのか、議会の思惑が働いたのか、理由は断定できないが、三日も経たないうちにジェレマイア八世陛下の御前によるブラッドロー元帥とエセルバートの話し合いの場が決まった。

　タイミングよく、ちょうど食堂が休みの日だ。ストラトフォード公爵家にあるジェレマイア八世のための広間で会う。

　蒼太は家令としてエセルバートに付き添った。念のため、エセルバート家臣の海兵隊員としてキースやジョーイも控えさせる。ブラッドロー元帥の悪名が高いので、ダンやグレアムも並ばせた。

「……うわ、戦争でもする気か？」

　一瞬、蒼太は襲撃だと間違えた。

　ブラッドロー元帥は軍馬に乗り、剛健な騎士軍団を引き連れて乗り込んできたのだ。生意気盛りの騎士たちは天下無双と目《もく》されているダンにライバル心を剥きだしにしている。特に亜麻色《あまいろ》の髪の若い美青年は誰よりも好戦的な目でダンを貫いた。

もっとも、ダンはいっさい相手にしない。よくあることなのだろうが、見ているほうがヒヤヒヤした。

「ジョーイ、あの生意気そうな亜麻色の髪の奴を知っているか？」

蒼太がそっと尋ねると、ジョーイは小声で答えた。

「ソータ、今、売り出し中の騎士を知らないのか？　食堂でも噂になっていただろう？」

ジョーイの言葉で食堂に集っていた傭兵軍団や賞金稼ぎの集団の会話を思いだす。確か、ブラッドロー元帥の甥《おい》にべらぼうに強い騎士がいたはずだ。ダンを越えるか、越えないか、そんな話で盛り上がっていた。

「……あ、クソオヤジ元帥の甥に強い騎士がいるって聞いた。そいつのことか？」

「そうだ。ブラッドロー元帥の甥のグリフィスさ。去年の謀反討伐や異教徒撃退で名を上げた。騎馬槍試合では負け知らずの騎士だ」

あの若さですごい、とジョーイは賛嘆するように続けた。ブラッドロー元帥に対するような嫌悪感は抱いていないようだ。

時刻通り、ジェレマイア八世は豪華な馬車でストラトフォード城に乗りつける。いつもと同じように堂々たる若き帝王だ。

「ソータ、妖精料理を希望する」

ジェレマイア八世の第一声に呆れたが、蒼太は辛うじて怒鳴らずにすんだ。

「陛下まで何を仰いますか。俺は妖精使いじゃありません。妖精料理を作ったことは一度もありません」

「真実を申せ」

「真実です。今日は豆腐《とうふ》料理をお楽しみください」

今までいろいろな理由で失敗してきたが、ジェレマイア八世の立ち会いにあわせ、全身全霊をかけて豆腐作りに挑戦した。やんちゃ坊主たちを隔離《かくり》し、不器用な弟子に手伝わせないことがポイントだ。許容範囲の豆腐ができあがり、蒼太は手伝ってくれたコーディと手を取り合って喜んだ。

「豆腐という妖精料理か？」

「豆腐は大豆から作りました。正確に言えば、大豆料理です」

城内で一番豪華な広間に通し、ジェレマイア八世を玉座に座らせた。ほかの面々もマナー通りに着席する。

蒼太が手で合図をすれば、コーディを先頭に子供たちが豆腐料理を運んきた。交渉に美味い料理はあったほうがいい。前菜はピーナッツオイルと白ワインヴィネガーに漬けた塩豆腐だ。特製のジンジャードレッシングを垂らし、トッピングにはハーブを散らし、スモークサーモンを薔薇のように巻いて添えた。見た目にも拘《こだわ》ったが、改心の美味さだと自負している。

ジェレマイア八世の側近たちは初めて見る豆腐料理に感嘆の息を漏らした。

「この白いのが豆腐か？　あの大豆から作られたとは思えない。不思議な食感だ」

「あの大豆からこのようなものができるはずがなかろう」

「ソータのオレンジ革命もココア革命も素晴らしかった。大豆革命も進化したのではないか」

「芸術品のような美しさだ」

贅沢に慣れた側近たちと同じように、ジェレマイア八世は上品なマナーで塩豆腐を口にした。

蒼太はワゴンに載せている油揚げとホウレンソウやエンダイブのサラダを取り分けつつ、若き帝王の様子を窺う。年長組の少女たちはチーズがとろとろの豆腐と地鶏のグラタンと豆腐のブレッドをテーブルに並べた。ヨチヨチ歩きの子供たちはグリーンピースと豆腐のディップだ。

「ソータ、豆腐という妖精料理は美味《びみ》なり」

ジェレマイア八世は塩豆腐に満足したらしいが、根本的な誤解をしたままだ。

「だから、妖精じゃなくて豆腐料理です」

「あの大豆をこのような形にするのは妖精使いにしかできぬ」

今まで大豆は食用ではなく、石鹸《せっけん》に使われていたらしい。蒼太が大豆で美味い料理を作り、一大センセーショナルを巻き起こした。

「料理人ならできます」

蒼太が不敬罪《ふけいざい》に問われるほど君主に凄んでいると、ブラッドロー元帥が渋面でエセルバートに叩きつけるように言った。

「ストラトフォード公爵、家令の躾《しつけ》がなっとらんではないか」

ブラッドロー元帥の叱責に対し、エセルバートは品のいい微笑で返す。これがきっかけになったのか、ジェレマイア八世が単刀直入に本題を切りだした。

「双方、意見を申せ」

ジェレマイア八世の命令を受け、身分が高いエセルバートから発言した。

「陛下、ブラッドロー元帥、私の意見はすべて書状にしたためました。父の汚名は濯《そそ》がれました。わざわざ話し合いが必要でしょうか？」

エセルバートの言葉や態度はあくまで柔らかいが、コートネイを返却しろ、と暗に主張している。

お坊ちゃまもそういうことが言えるんだ、と蒼太は妙なところで感心した。確かに、わざわざ話し合いをするまでもない。コートネイは返却されて当然の領地だ。

「陛下、ストラトフォード公爵、わしの意見もすべて書状にしたためました。陛下の御世《みよ》をお守りするためですぞ。このような話し合いは無用であります。ストラトフォード公爵に愛国心がないとは思いませんでした」

ブラッドロー元帥もコートネイは自身の領地だと主張して憚《はばか》らない。

蒼太もエセルバートとともにブラッドロー元帥の書状に目を通したが、国のために自身が統治すべき土地だと思い込んでいる。先代のように騎士道を進まなかったエセルバートを侮辱《ぶじょく》している一文もあった。

ブラッドロー元帥は塩豆腐も豆腐のグラタンにもハッシュドビーフを添えた豆腐のオムレツにも手をつけない。それどころか、ナイフやフォークにも手を伸ばさない。

……くそっ、クソオヤジ元帥も付添いも料理に手をつけねぇ。

毒でも入っていると疑っているのかよ。

このまま熾烈《しれつ》な言い合いになるのか。

こんなクソオヤジ元帥に責め立てられたらエセルバート様は譲ってしまうかも、と蒼太が懸念を抱いた瞬間だった。

ジェレマイア八世がなんでもないことのように軽く言った。

「建国以来、コートネイはストラトフォード公爵の領地であった」

ジェレマイア八世が言外に匂わせている意図に気づいたはずだ。蒼太は勢い込んだが、頑固な陸軍元帥は真っ向から反論した。

「陛下、お言葉ですが、エセルバート殿にコートネイは任せられない。なぜなら、先代と違って国を守ろうとする気概《きがい》のないご子息だからです。エセルバート殿が先代のような騎士であったならば、わしは即座に返却した」

「エセルバートは文官なり」

「コートネイは軍を動かせる騎士にお任せください。わしも部下たちも皆、陛下と国のためにいつでも命を捨てる覚悟がある騎士です」

ブラッドロー元帥のあまりの言い草に、蒼太の頬が引き攣った。いろいろとぶちまけたいことがあるが、きちんと場は弁《わきま》えている。全神経を傾けて怒りを深淵に沈め、豆腐とキノコのステーキを切り分けた。熱いうちに食べてほしい。

ジェレマイア八世や側近たちは珍しい料理に感服《かんぷく》しながら食べているが、ブラッドロー元帥はヒートアップするばかり。

「エセルバート殿、もし敵が押し寄せたら貴公はどうする所存か？　先代が剣を嫌う跡取り息子に嘆いておられましたぞ」

ブラッドロー元帥は煽るように言ったが、当のエセルバートは優美に微笑み、ロザリオに口付ける。

……ヤバい。

ここで神に祈るとかエセルバート様に言われたらおしまいだ、と蒼太は思い切り焦った。そのせいか、無意識のうちに口を挟んでいた。

「エセルバート様が剣を握る必要はない。ダンやキース、最強の騎士軍団がエセルバート様の一声で戦います。最強の騎士軍団が敵なんてすぐに蹴散らす」

蒼太が背後に控えている頑強な騎士たちを手で示すと、ブラッドロー元帥は憎々しげに顔を歪めた。

「……小童《こわっぱ》、家令の分際《ぶんざい》で……」

陸軍のトップに憎悪を剥きだしにされても、蒼太の走りだした口は止まらなかった。何せ、瞼にはガリガリに痩せ細ったマーガレットや子供たちが焼きついている。ブラッドロー元帥の恰幅《かっぷく》がいいことも腹立たしい。

「餓死者を出している領主が大口を叩くな。コートネイの現状を見ろ」

「……無礼な」

ブラッドロー元帥は今にも剣を抜きそうな剣幕だが、若い甥が力尽くで押さえている。生意気盛りの騎士も場は弁えているらしい。

蒼太の背後ではダンやキースが威嚇するように姿勢を変えた。

少しトーンを落とせ、とばかりにジョーイに背中を突かれるが、蒼太の爆発した感情は鎮まらなかった。

「このまま陛下にコートネイを視察してもらおう。どれだけブラッドロー元帥に統治能力がないかわかってもらえるさ」

蒼太は今まで直に接して気づいたが、エセルバートが忠誠を捧げたジェレマイア八世は民《たみ》の幸せを願う名君だ。悲惨な現状を目の当たりにすれば、英断を下してくれると信じている。

「口を慎め」

「領民を飢え死にさせるなーっ。赤ん坊も殺すなーっ」

蒼太が真っ赤な顔で叫ぶと、エセルバートにやんわりと止められてしまった。

「ソータ、陛下の御前です」

「エセルバート様は黙っていろ。陛下だって領民を飢え死にさせる奴を見過ごしたりはしないさ」

蒼太が真っ直ぐな目で睨み据えると、ブラッドロー元帥は凄絶な怒気を漲らせた。そうして、地獄の門番のような声で言った。

「……ならば、天に采配を委《ゆだ》ねようぞ」

一瞬、意図がわからず、蒼太は胡乱な目で聞き返した。

「……天？　くじ引きか？」

「レイブル王国創立時の騎馬槍試合で決着をつけよう。コートネイは勝利者に」

話し合いで決まらない時、多大な被害を出す戦争ではなく騎馬槍試合で決着をつけることがあると聞いた。騎士の誇りを声高に唱えるブラッドロー元帥らしい。

「騎馬槍試合だな？　エセルバート様に出場しろなんて言わねぇな？」

……まさか、まさかとは思うが、エセルバート様指名じゃないよな、と蒼太は一抹の懸念が拭えない。

陸軍元帥と温柔な文官では戦う前から敗者は決まっている。

「わしが出場してもいいが甥を出す。グリフィスだ」

ブラッドロー元帥が鷹揚に顎を杓った先には、生意気盛りの騎士がいた。武名を急速に伸ばしているというグリフィスだ。

指名されて怖じ気づくどころか、承諾したかのように深く頷いた。どことなく、誇らしそうだ。

「うちはダンを出す」

この勝負、勝った、と蒼太は心の中でガッツポーズを取る。

ダンより強い騎士はキースしかいないし、キースより強い騎士はダンしかいないと思っていた。海上ならばキースを指名したが、騎馬槍試合ならば一度も負けたことがないというダンだ。

当のダン本人は了解したように切れ長の目を細める。

「よかろう。古式にのっとった騎馬槍試合ぞ」

「いいぜ。こっちはダンだ」

ブラッドロー元帥と蒼太の間で勝負が決まったのに、エセルバートが筆で描いたような眉を顰めて異議を唱えた。

「お待ちください。古式の騎馬槍試合には反対……」

エセルバートの言葉を遮るように、蒼太は仁王立ちで叫んだ。

「エセルバート様は黙っていろーっ」

間髪を入れず、ブラッドロー元帥が畳みかけるように言った。

「小童、いいのだな？」

「いいぜ。そっちこそ、いいんだな。騎馬槍試合でダンが勝ったら、コートネイは返してもらう」

「よかろう。うちのグリフィスが勝てばコートネイはうちの領地のままだ。レイブル王国のためである」

「どこがレイブル王国のためだっ」

「しゃらくさい。まだわからぬのか。嘆かわしいことに国内外、敵ばかりではないかっ」

蒼太とブラッドロー元帥が睨み合っていると、ジェレマイア八世は豆腐ステーキを堪能してから高らかに笑った。

「その騎馬槍試合は余が見届ける。王都のポインセチア祭りで行えばよい……あぁ、ソータよ。そなたは屋台を出すがよい」

ジェレマイア八世の一声ですべては決まる。

蒼太は王都のポインセチア祭がどういうものか知らないし、屋台の見当もつかないが、異論を唱える気は毛頭なかった。要はダンが勝てばいいのだから。

蒼太はダンが負けるとは夢にも思わなかった。

ダン自身、負ける気はないだろう。キースやジョーイ、グレアムも銀髪の騎士の勝利を確信している。

洋梨の赤ワイン煮を添えた豆腐のプディングもミントを散らした豆腐のココアタルトもジェレマイア八世一行には絶賛されたが、ブラッドロー元帥一行はどの料理にも手をつけなかった。蒼太もエセルバートもあえて勧めたりはしなかった。

ジェレマイア八世一行やブラッドロー元帥一行を見送った直後、エセルバートに悲しそうな目で咎められた。

「ソータ、私の命より大切な子よ。私はあなたに命の大切さを教えてあげられなかったのでしょうか。ブラッドロー元帥と内々に話し合いの場を持ちましょう。騎馬槍試合は無効です」

木枯《こが》らしで絹糸のような髪の毛が舞い上がるが、エセルバートは館内に戻ろうとはしない。このまま早馬を呼びそうな雰囲気だ。

キースやジョーイたち海兵隊のメンバーは、ブラッドロー元帥一行とともにジェレマイア八世一行を関所まで送っていった。すなわち、コートネイの関所までだ。ジェレマイア八世たっての希望だが、コートネイの視察も兼ねていると蒼太は踏んでいた。

俺が言ったことを陛下はわかってくれたんだ、と蒼太は英邁な君主に感心したというのに、肝心の当主はいったい何を言いだすのだろう。

「……へ？　エセルバート様、寝言はマーヴィンに任せておけ。コートネイをかけた騎馬槍試合は決まった」

「私は承諾していません」

あっという間に陛下が、とエセルバートは悲愴感を漂わせる。

学友といえども、あの場で主君に意見することは憚《はばか》られたのだろう。たぶん、若き帝王の体面を尊重した。

「ブラッドロー元帥もメンツがかかっているからコートネイを返したくないんだろう。正々堂々、騎士道精神を発揮する騎馬槍試合ならちょうどいいんじゃん」

「ブラッドロー元帥はレイブル王国創立時の騎馬槍試合と申したでしょう」

「……ああ、古式のなんとかなんとか？」

ブラッドロー元帥の提案にジェレマイア八世や側近たちはいささかも動じなかった。よくよく考えてみれば、顔色を変えたのはエセルバートだけだ。

「レイブル王国創立時、国内は荒れ放題でした。列強から野蛮な国と見下されていたそうですが、いたしかたありません。騎士道精神を高める騎馬槍試合は命がかけられました」

「そりゃ、命がけだろ」

「ソータ、やはりご存じないのですね？」

エセルバートに切ない目で見つめられ、蒼太はきょとんとした顔つきで聞き返した。

「何が？」

「創立時の騎馬槍試合において、敗者はその場で処刑されました」

予想だにしていなかった厳しいルールに、蒼太は下肢を震わせた。

「……え？　負けたら処刑？」

「公開処刑です。当時、惨《むご》い話ですが、処刑が娯楽だったと歴史書には記されています」

遠い昔のヨーロッパでも処刑が最高の娯楽だったと、蒼太は聞いたことがある。公開処刑の歴史も長かったはずだ。どこにでも残酷な歴史はある。

「……あ、じゃあ、あの亜麻色の髪の生意気そうな騎士が殺されるのか」

エセルバート側のダンが勝てば、ブラッドロー元帥側の騎士は処刑される。蒼太は口に出したが、想像することはできなかった。

「五百年前に禁じられたはずなのに、どうしてブラッドロー元帥は……」

エセルバートは悲痛な面持ちでロザリオを握り直す。清廉潔白な大貴族は陸軍元帥の真意がわからないらしい。

「古式の騎馬槍試合ならエセルバート様が怖じ気《おけ》づくと思ったんだろう……ひょっとしたら、内々に連絡が入るって見越しているのかもしれねぇ」

それ以外に考えられない、と蒼太は心の中で続けた。

実際、こうやってエセルバートは古式の騎馬槍試合を阻止しようとしている。今の騎馬槍試合にしようと持ちかけたら、あることないこと並べ立てて、コートネイの所有権を放棄させられるかもしれない。いずれにしても、罠だ。

「陛下もどうしてお許しになったのでしょう」

「陛下も困っていたんじゃないか？　下手をしたら、ブラッドロー元帥は暴動を起こしそうなムードだったからな」

ジェレマイア八世はいつもと同じように帝王然としていたが、年長の側近や議会の重鎮はエセルバートと陸軍トップの対立に困惑しているようだった。頑固一徹《がんこいってつ》なブラッドロー元帥の暴挙を危惧している。

「ソータ、コートネイは諦めましょう」

エセルバートに宥めるように言われ、蒼太は血相を変えた。

「ふざけるなっ」

「コートネイの領民は引き取らせてもらいましょう」

エセルバートはコートネイの領民が引き取れると踏んでいるようだ。あまりの甘さに蒼太は目眩《めまい》がする。

「……うちの御領主はそんなに馬鹿だったのか？」

蒼太は繰りだしそうになる拳を押さえ、美麗な貴公子に詰め寄った。

「……馬鹿？　私に申しているのですか？」

子供の頃から神童と喝采を浴びてきた国随一の秀才は、自分に向けられた蔑称に戸惑っている。長い睫毛に縁取られた綺麗な瞳がゆらゆらと揺れた。

「あのさ、コートネイの領民もクソオヤジ元帥にとったら貴重な財産だ。タダ働きさせられる領民を手放すわけねぇだろ」

「私の資産をお譲りしましょう」

「……こ、この大馬鹿野郎ーっ」

思わず、度を超した世間知らずに手が上がった。

……いや、上がる寸前、マーヴィンの金切り声が響き渡った。

「ソータお兄ちゃん、ママをいじめるなーっ」

マーヴィンやロニーやビリーといったやんちゃ坊主軍団のほかにも、怒髪天《どはつてん》を衝いた天使軍団がいる。

「ソータにいに、めっめっめっめーっ」

「ソータにい、ママを泣かせちゃ、めってちゅ」

子供たち相手に言葉を尽しても無駄だ。清らかな聖人に欲深い人について説いても、時間の無駄なのかもしれない。

蒼太は子供たちのブーイングを無視し、館内に足早に戻った。とりあえず、聖母マリアと天使に関わっている暇はない。


深夜、子供たちが寝静まった後、申し合わせたわけでもないのに厨房にダンやグレアムだけでなくキースやジョーイも集った。

全員、危惧しているのはエセルバートの慈悲《じひ》の心だ。

キースやジョーイはジェレマイア八世一行の見送りの際、ブラッドロー元帥側の嫌がらせに手こずったらしい。何より、エセルバートを軟弱な令息と揶揄する騎士が多かったという。ブラッドロー元帥が古《いにしえ》の掟《おきて》にのっとった騎馬槍試合を提案した魂胆は明らかだ。

こちらが取るべき手段はひとつしかない。

蒼太はこれ以上ないというくらい真摯な目で、夜食を頬張っている騎士を見据えた。

「ダン、絶対に勝てよ」

「負ける気はない」

ダンは低い声で宣言してから、ガーリックを利かせた牛肉で巻いたグリーンピースおにぎりを平らげる。豆腐のポトフや豆腐で挟んだチーズハンバーグを平らげた後とは思えない食いっぷりだ。

キースやジョーイにしても、勝るとも劣らない旺盛な食欲を見せていた。見送りに疲弊したらしく、パワーチャージとばかりに食べ続けている。グレアムは蜂蜜入りのジンジャーティーを飲むだけだったが。

「よしっ」

蒼太はダンの肩を鼓舞《こぶ》するように叩いてから、トーンを落とした声で尋ねた。

「本当に負けたら処刑されるのか？」

「……らしいな」

ダンはふたつめの牛肉巻きおにぎりに手を伸ばす。蜂蜜で漬けた大根にもニンジンのピクルスにも豆腐とホウレンソウのサラダにも見向きもしない。どれも健康維持のためには必要なのに。

「古式の騎馬槍試合はしたことがないのか？」

「ああ」

観たこともないし、どこかで極秘にあったと聞いたこともない、とダンの鋭敏な目は暗に語っている。

「……確かに、あの生意気そうな奴も可哀相だ……まだ若いよな……」

蒼太の瞼にダンに負けたブラッドロー元帥の甥が浮かんだ。処刑されると思えば、哀れでならない。エセルバートが躊躇う気持ちもわかる。

「十七だ」

ダンはサラリと言いながら、三つ目の肉巻きおにぎりに手を伸ばした。

「十七？　俺より若いのかよ」

「ソータが十八だと誰も信じないだろう」

「うるせぇ」

蒼太が凄みながら蜂蜜漬け大根やニンジンのピクルスをつきだしても、ダンは無視して肉巻きおにぎりを咀嚼した。

「十七でも一人前の騎士なら覚悟しているさ」

「公開処刑される覚悟か？」

「あいつ、俺に勝つ気らしいけどな」

ダンは淡々とした調子で対戦相手について言及した。今まで勝ち続けてきた十七歳の騎士は自身の勝利を信じて疑わないようだ。

「ブラッドロー元帥も甥が勝つ気で仕掛けたのか?」

「騎馬槍試合前に俺が負傷したら、ブラッドロー元帥の仕業だ」

過去に何度も経験したらしく、ダンはあっさりと明かした。

あるある、とばかりにキースやジョーイも肉巻きおにぎりを手に相槌を打つ。どうやら、勝負は本番ではなく、それ以前にかかっているようだ。

「……うわ、そういうこともあるのか……気をつけてくれ」

蒼太は背筋を凍らせたが、ダンはガラリと話題を変えた。

「それより屋台は大丈夫か?」

ジェレマイア八世の命により、ポインセチア祭で屋台を出すことになった。どういったものなのか、蒼太には見当もつかない。

「屋台って食いもんの屋台か? 射的とか? ポインセチア祭りっていったいなんだ?」

わたあめにリンゴ飴《あめ》にたこ焼きに金魚すくいに輪投げにヨーヨー釣り、と蒼太の脳裏には祭りの屋台が浮かぶ。ポインセチア祭という名から盆踊りは連想できないけれども。

「レースや試合に出て、ジンジャーブレッドを食う祭りだ」

ダンが低い声で言い切ると、グレアムが呆れ顔で口を挟んだ。

「ダン、違います。ポインセチア祭は厳しい冬を無事に過ごせるように祈る祭りですよ。子供の障害物競争や騎馬槍試合もあります。毎年、屋台はジンジャーブレッドや果物を浮かべたリンゴ酒が多く並んでいます」

無骨な騎士と優秀な文官によるポインセチア祭の説明がだいぶ異なる。もちろん、蒼太は迷いもせずにグレアムに尋ねた。

「ジンジャーブレッドや果物を浮かべたリンゴ酒の屋台か……ほかは？」

「天使の像や聖母マリア像の屋台もよく見かけました……あぁ、雪が積もったら買い物に出ることができません。長い間、保存できるブレッドやビスケットの屋台も並んでいました」

「……あ、それだ。俺もそれにする。航海用っていうか、長期保存できるケーキやビスケットの屋台だ」

保存食を試作していた時、試しに航海用のブレッドやビスケットを食べたことがあるが、あまりの不味《まず》さに吐きだしそうになった。まず、固い。石を食べていると思うような固さだった。味は塩辛いか、激甘か、どちらかだ。

「ソータ？」

「その屋台でビタミン革命もするぜ。ビタミンの説明をしてくれ」

場所が君主のお膝元《ひざもと》ならば手っ取り早い。博識な学者が揃っているはずだから、何かの糸口は掴めそうだ。

それなのに、グレアムは真顔で妖精学普及を口にした。

「ビタミンという名の妖精を具体的に絵に表現したほうがいい」

「だから、妖精じゃねぇ。ビタミンだ」

「側近も議会の長老たちも、本日の豆腐料理でソータが妖精使いだと確信したそうです。妖精使いが妖精を使役《しえき》しなければ、あの大豆から豆腐料理はできない。ご一同、口を揃えられました」

豆腐料理に感嘆の意を上げていたから、料理人としての蒼太のプライドはくすぐられたが、甘かった。

「違うんだーっ」

何度目かわからない蒼太の絶叫が響くが、誰も相手にしてくれなかった。ダンにいたっては真顔でおかわりをリクエストした。

「ソータ、肉で巻いたライスボールが美味い。くれ」

もはや、夜食という量ではない。当初、肉巻きおにぎりは残ると予想していた。明日の朝に再利用するつもりで、肉巻きおにぎりを作ったのにひとつも残らない。キースやジョーイも視線で肉巻きおにぎりを求めている。

「ダン、野菜も食えよ」

蒼太はきっちり残った豆腐とホウレンソウのサラダやにんじんのピクルスを差す。蜂蜜漬けの大根は空っぽになっているが、ほとんどジョーイの胃に収った。

「肉で巻いたライスボールがいい」

「夜にあんまりガッツリ肉を食うとよくないんだ。豆腐のスープにするか」

「豆腐よりトンカツやビフカツや唐揚げがいい」

ダンの意見に賛同するようにキースは頷き、ジョーイはあっけらかんと肉体派の評価を代弁した。

「ソータ、豆腐は豆腐で美味いけど、トンカツやビフカツや唐揚げほど美味くない。そういうことさ」

単なる自分のミスも多かったが、弟子ややんちゃ坊主たちの妨害に毛玉猫の復讐など、豆腐作りにどれだけの労力がかかったのだろう。蒼太にとって、にがりから作った豆腐は血と汗と涙の結晶に等しいのに。

「……と、豆腐は……豆腐料理はなかなか骨が折れるんだぜ」

蒼太はがっくりと肩を落としたが、肉体派の若い男はそういうものだとわかっている。どんなに手の込んだ料理でも、豆腐や野菜は好まない。塩と胡椒で炒めただけの肉のほうがずっと好きだ。けれども、さすがにこれ以上、肉食はよくない。

蒼太はリクエストを無視して、豆腐と野菜でスープを作った。肉体派の若い男たちは文句も言わず、ペロリと平らげた。

しかし、豆腐とホウレンソウのサラダとにんじんのピクルスは残った。翌朝、子供たちをたきつけて、口に突っ込ませるつもりだ。

第七章

荘厳なストラトフォード城にメシ係を呼ぶ赤ん坊の二輪唱が元気よく響き渡った。

「ばぶーっ、ばぶばぶばぶっ」

「ばぶーっ、ばぶばぶばぶばぶっばふばぶぶぶぶーっ」

マーガレットから預かった赤ん坊は瞬く間に健康的になり、セアラの隣で手足をバタバタさせる。セアラも隣で赤ん坊が寝ていると寂しくないのか、蒼太が背負わなくても泣いたりしない。お腹が空いたらメシ係を呼ぶぐらいだ。

おかげで蒼太の背中は軽くなった。

……否、新しい重圧が伸しかかってきた。

食堂の常連客たちはさっそく噂を聞きつけたらしいが、それぞれ真っ青な顔で王都に乗り込む蒼太を案じた。

「ソータ、王都のポインセチア祭に屋台を出店する、って本当かい？　大丈夫なのか？　サフォークと違って縄張り意識がえげつないんじゃよ」

サフォークで生まれ育った白い髭のご隠居《いんきょ》は、孫に対するように蒼太の頭を撫でる。王国の中枢部に対する恐怖と鬱憤が発散された。

「爺さんの言う通りなんだ。王都はギルドの本拠地がひしめいている土地だよ。自分たちの利権を守るために、新参者は徹底的に潰そうとする」

腕のいい仕立屋は自身の経験も踏まえ、蒼太を心配しているようだ。有力なツテやコネがあっても、王都で商売を成功させることは難しいという。

「ソータがどんなに美味い料理を作っても、ギルド関係者が悪い噂を流したら終わりだ。毒入り料理を販売した罪で投獄されるかもしれん」

ソータが一番注意しなければならないのは料理人や宿屋のギルドだ、と王都での商売を諦めた貿易商人が哀愁たっぷりに続けた。

「ギルドに雇われた誰かが、ソータの料理を食べて気分が悪くなったふりをするかもしれない……王都の奴らは汚いんだよ」

「王都の奴らは地方のわしらを見下しているんだ。家畜のように思っている奴もいる。身分的には同じ平民なのに」

常連客たちに同意するように、寄港中の船の船乗りたちも口を揃えた。

「ソータ、美味いメシの礼だと思って聞いてくれ。王都で屋台……それもジェレマイア八世のポインセチア祭の屋台は辞退しろ。ソータの命に関わる」

「そうそう、料理人や宿のギルドだけじゃない。壊血病を治したソータのことは薬師ギルドも敵対視しているはずだ。悪いことは言わない。ポインセチア祭は出るな」

薬師ギルドは一番閉鎖的だ、と浅黒い肌の船乗りたちも強健な傭兵たちもしたたかな商人たちも口を揃える。薬師ギルドは暗殺部隊も動かせるという噂だ。

「下手をしたら、妖精使いとして異端《いたん》裁判にかけられる……ことはないと思うけれど、ギルドが教会を巻き込んだらどうなるかわからない」

「ポインセチア祭の屋台は辞退しろ。理由ならいくらでもつけられるさ」

「王都のギルド本部がどれだけえげつないか、国王陛下は知らないんだ」

常連客だけでなく船乗りや傭兵軍団、王都をよく知っている行商人の一団や音楽隊の一団まで、ポインセチア祭の屋台出店を止めた。出入りの果物屋夫婦も泣きながら引き留めようとするから戸惑う。

「コートネイがかかった騎馬槍試合がある。俺は何がなんでもポインセチア祭に行くよ」

蒼太がビュッフェ台の前で宣言すると、その場にいた客たちはいっせいに暗い顔で溜め息をついた。

「ダンなら勝つ。絶対にダンが勝つと思うが……グリフィスっていう奴もむちゃくちゃ強いらしいんだ……」

歴戦の傭兵が渋面で独り言のように呟くと、何度もダンと同じ戦場で戦ったという傭兵がしゃがれた声で言った。

「俺もダンが勝つと思う。俺はダンに大金を賭けたが、グリフィスは侮れない。なかなか跡取り息子が生まれなかったブラッドロー元帥にとって息子みたいな奴さ。最強の騎士にするため、ガキの頃から鍛えたらしい」

「……ああ、グリフィスはブラッドロー元帥の秘蔵っ子だ。十二歳になるか、ならないか、それくらいでグリフィスは剣の腕ではブラッドロー元帥を上回ったらしい。剣の天才だってさ」

傭兵たちの間で陸軍元帥の秘蔵っ子は有名らしい。それだけ実力が認められているということなのだろう。

「グリフィスがどんなに強くてもダンが勝つ。今までどんな不利な戦いでもダンが勝ってきた。俺はいつもダンに賭けて、儲けさせてもらった……ただ、グリフィスが色男だから幸運の女神が気まぐれを起こすかもしれねぇ」

「ダンも男前だが、グリフィスも若い女がきゃあきゃあ騒いでいる色男だ。幸運の女神もよろめくかもしれん」

「ダンは子供の時から障害物競争も騎馬槍試合も連続優勝して、未だに優勝記録は破られていない。グリフィスがダンの優勝記録に迫っているそうだ……あ、そういえば、ブラッドロー元帥が歳をとってからできた跡取り息子が去年の障害物競走の優勝者だな」

傭兵たちの意見を総合すれば、意図していることは手に取るようにわかる。蒼太は確かめるように聞いた。

「……つまり、グリフィスはダンに匹敵するぐらい強いのか？　五分五分？　ダンが不利なのか？　そういうことを言っているのか？」

蒼太の血走った目に恐れをなしたのか、激戦地を潜り抜けてきた傭兵たちは苦渋に満ちた顔で言い淀む。

「……うううううう〜っ。今、勢いがあるのはグリフィスなんだ。ダンはお綺麗なお坊ちゃま当主のところで隠居しているからさ」

傭兵たちにしてみれば、今のダンの状態は隠居らしい。ブラッドロー元帥の下《もと》で活躍しているグリフィスは現役だ。

「……う〜っ、ダン、絶対に勝てよ。信じているからな」

蒼太は窓辺の椅子に座っていたダンに向かって大声でエールを送った。

だが、雄々しい騎士は椅子の下で倒れていた。

それもマーヴィンやビリーといったやんちゃ坊主軍団に押し潰されている。……押し潰されてはいないが、やんちゃ坊主軍団の下敷きだ。

「ダン、勝てと言っているのにどうしてガキに負けているんだ。怪我したらどうするんだよ……じゃねぇ、マーヴィン、さっさとダンからどけーっ」

蒼太の切羽詰まった絶叫が響いても、マーヴィンやロニーたちは屈強な騎士に馬乗りになったままだった。

何があったのか不明だが、おしゃまなシンシアがそばにいなければ、やんちゃ坊主軍団にとって最強の騎士は憧れの相手であると同時に最高のターゲットだ。

何よりもまず、蒼太はダンの安全に腐心《ふしん》しなければならない。やんちゃ坊主たちの暴れっぷりには困った。

それ以上にエセルバートには参った。

「……だ、だから、エセルバート様、絶対にブラッドロー元帥に騎馬槍試合の中止を頼むな。わかっているよな」

蒼太は王都から早馬が到着するたびに冷や汗を掻いた。エセルバートが知らないうちに陰で手を打ってしまったかもしれないからだ。何せ、ブラッドロー元帥側からの裏工作が容赦ないらしい。ありとあらゆるコネを使って、ポインセチア祭の関係者や議会に食い込んでいると聞いた。

「ブラッドロー元帥ではなく陛下に申し上げました」

エセルバートに悠然と告げられ、蒼太は巨大な十字架で脳天をカチ割られたような気分になった。

「……へ、陛下に？　よりによってそっちに頼んだのかよっ」

「禁じられている古式の騎馬槍試合を行うことはいかがなものかと……博士にも連絡して頼んでもらったのですが、陛下は取り合ってくださらなかったようです。ダンとグリフィスの最強の名をかけた試合を楽しみにしている、と……」

エセルバートは清楚な美貌を曇らせ、切々とした調子で一気に語った。背後に涙を流す聖母マリアが見えないこともない。

「陛下も試合で決着をつけたいんだ。エセルバート様も寵臣《ちょうしん》ならわかってやれ」

「議会の長老から便りがありました。先日、我が城からコートネイの関所を通り王都に戻られましたね。ソータが口にしたような廃墟ではなかったそうですよ」

先日、ストラトフォード城での話し合いの後、ジェレマイア八世はコートネイの関所からブラッドロー元帥の領地を通り、王宮がある王都に帰った。来た時の道と違うから、問題になっているコートネイの視察を兼ねていると思ったが、ブラッドロー元帥の小癪《こしゃく》な工作があったらしい。

「そんなの、ブラッドロー元帥たちが豊かそうに見えるところを選んで通ったんだろう。なんなら、今からエセルバート様も一緒にマーガレットの見舞いに行くか？」

そろそろ、マーヴィンたちが食事を運ぶ時間帯だ。壁に穴の空いた例の場所が、ジミーとの待ち合わせ場所である。やんちゃ坊主たちにはキースやジョーイなど、海兵隊の誰かが付き添うことになっていた。

「ブラッドロー元帥を刺激することは避けましょう。ソータも行ってはなりませぬ」

エセルバートに悲痛な面持ちで止められ、わらわらと集ってきた天使のような子供たちに悪魔のような顔で非難され、蒼太は渋々ながら折れるしかなかった。やんちゃ坊主たちに栄養たっぷりの総菜ケーキやターキーを挟んだブレッド、ナッツ入りの洋梨のマフィンを託すだけだ。


ディナーが始まっても、やんちゃ坊主やキースたちは帰ってこない。城に残っていた海兵隊のメンバーも五人、いないようだ。

何かあったのか、と蒼太は胸騒ぎがしたものの、厨房から離れることはできない。普段と同じように料理を作り、子供たちに運ばせた。

今夜はブラッドロー元帥に縁のある商人や騎士が客に多いそうだが、これといった騒動は起こしていない。

ただ、海兵隊のメンバーの周りは殺伐としていた。

ブラッドロー元帥の関係者たちはエセルバートと楽しそうに会話しているが、話題はポインセチア祭の障害物競走らしい。ブラッドロー元帥の息子の連続優勝がかかっているレースだから、力が入っているという。

『……嗚呼《ああ》、去年の覇者《はしゃ》が鮮やかに双頭の鷹とともに蘇る。ブラッドロー元帥と同じ亜麻色の髪の勇猛果敢な少年の名はサイラス……』

アンブローズは昨年のポインセチア祭の広場で詠《うた》っているから、ブラッドロー元帥の息子の活躍を知っている。即興《そっきょう》で称える詩を披露すると、ブラッドロー元帥の関係者たちは満足そうに乾杯したそうだ。

そうこうしているうちに、シメのデザートになり、蒼太は栗クリームでデコレイトした豆腐のケーキを手に恒例の挨拶をした。

蒼太自身にブラッドロー元帥関係者の嫌みは一言もない。一行は何事もなく帰って行った。無事にディナーの幕が下りる。

しかし、マーヴィンたちは戻ってこない。なんの連絡もない。ただ、異常があったという噂も流れてこない。

「まさか、また私の愛し子が誘拐されてしまったのでしょうか？」

エセルバートは悲痛な面持ちで、ロザリオを握り締めた。赤ん坊を背負った蒼太とやんちゃ坊主たちが海賊に誘拐された出来事が棘《とげ》のように心に突き刺さっている。

「エセルバート様、安心しろ。マーヴィンたちにはキースやジョーイがついている」

「……あぁ、キースやジョーイたちも誘拐されてしまったのでしょうか？　身代金ならばいくらでもお支払いすると誘拐犯に知らせなければなりません」

エセルバートはキースやジョーイが誰よりも恐れられた元海賊だと忘れてしまったのだろうか。蒼太ややんちゃ坊主たちを誘拐した張本人だというのに。

「あのさ、キースやジョーイだぜ。最悪のキースと可憐な毒花を誘拐する奴がいるかよっ」

蒼太が呆れ顔で言い放った時、タイミングよく隻眼の悪魔と女顔の悪魔がやんちゃ坊主たちを連れて帰ってきた。

「ママーっ」

マーヴィンたちは一目散にエセルバートに飛びつく。

一瞬にして、優雅な当主も人間ジャングルジム状態だ。線の細い貴公子もやんちゃ坊主たちの猛攻に耐えられるから逞しいのかもしれない。

「キース、ジョーイ、遅いじゃないか。いったい何があった？　……え、お客さん？」

蒼太は早口で尋ねたが、ジョーイに支えられるように立っている若い女性に気づいた。痩せ細っている佳人だ。

「マーガレットの妹だ。税金が収められなくて、娼館《しょうかん》に売られた」

ジョーイに沈痛な表情で告げられた途端、蒼太の脳裏に寝台から起き上がる力のなかったマーガレットが蘇った。

「……え？　あのマーガレットの妹？　そういえば、近所に住んでいる、って言っていたな……ジミーから聞いたけれど、みんな、お腹がぺこぺこだって……」

　マーガレットだけでなく一族郎党、飢え苦しんでいると聞いていた。それなのに、納税や労働の義務を押しつけられるとも。

「今日、いつも通り、待ち合わせ場所に行ったらジミーが泣きながら出てきたんだ。俺がコートネイに潜り込んで、徴税役人に引き摺られていった女性の行方を追った。……で、娼館に売られた直後、身請《みう》けしてきた」

　ひとりでも客をとったら終わり、とジョーイは底辺を知る男の目で続けた。

　どんな理由があっても、娼館で客相手に働いたら娼婦だ。マーガレットの妹は今にも露《つゆ》と消えそうで痛々しい。

「……そ、そうだったのか……よくやった……よく助けてくれた……」

　徴税役人が去った後ならば、娼館相手の取り引きになんの波風も立たない。キースやジョーイの適切な選択に感謝した。

「元々、ブラッドロー元帥の所領地には娼館が多かったが、今年に入ってから税金の代わりに売春宿に売られたコートネイ出身の女性が増えたと聞く」

「……クソオヤジ元帥が騎士や傭兵のために娼館を奨励《しょうれい》しているとか、リーズナブルな娼館もそこそこの娼館も高級娼館もあるとか、そんな噂は俺もさんざん聞いた」

　男にとって天国、と傭兵や船乗りたちはブラッドロー元帥の領地にひしめきあう娼館を揶揄した。サフォークの蒼太の革命料理を食べた後に隣の領地の盛り場で遊ぶことが、最高の楽しみとされているらしい。

「マーガレットも寝込んでいなければ売られていたと思うぜ」

「……許せん」

蒼太は自分の身体の中を流れる血が逆流したかと思った。宥めるようにキースに肩を叩かれたが、身体の奥から湧き上がる怒りは鎮まらない。

「……神にお祈りしましょう。ともに祈れば神は光明《こうみょう》を与えてくださいます」

エセルバートはマーヴィンたちからことの次第を聞き、清冽な美貌を凍らせている。やんちゃ坊主たちに娼館は理解できなくても、エセルバートには理解できるはずだ。

「エセルバート様、腹を括《くく》ってくれ。やるぜっ」

蒼太はエセルバートに鬼のような顔で凄むと、震えているマーガレットの妹に豆腐のケーキを差しだした。

ほんの少し、恐怖が和《やわ》らぐ。

温かなミントティーも淹れ、年長組の少女やおしゃまな女児たちに託した。傷ついた心を癒やせるのは子供たちだろうから。

蒼太が命がけの大勝負を覚悟した夜だった。

ポインセチア祭まで日数は差し迫っているから悠長なことはしていられない。騎馬槍試合はダンに任せるだけだ。ダンのサポートにはキースがいるからいい。早くもダンを狙った刺客《しかく》をキースは三人、取り押さえている。

ダンは慣れたもので罪に問わず、三人とも逃がしてしまった。蒼太は呆れ果てたが、キースやジョーイも反対しない。何せ、刺客も雇われただけだとわかりきっている。かえって、逃がしたほうがダメージを与えられるという。

「……あの野郎、クソオヤジめ。何が騎士道精神だ。汚い手を使いやがって」

蒼太の怒りは大きくなるばかりだが、ダンやキースはまったく動じていない。

ただ、嬉しいことはあった。マーガレットの妹の笑顔が戻ったし、赤ん坊もふっくらしてきたから安心した。……マーガレットの赤ん坊はふっくらしすぎかもしれない。瞬く間にセアラより肉付きがよくなってしまった。

「師匠、マーガレットの赤ちゃんはなんか師匠が作るブレッドみたいに膨らんだな」

どうも、ジョーイの眼底には寝かせているブレッドの生地が再現されているようだ。蒼太も弟子の言いたいことはわかる。

「ジョーイ、発酵か？　二倍に膨れたとか、三倍に膨れたとか、そういうことに喩《たと》えているのか？　……赤ちゃんは発酵……じゃねぇ、太りすぎか？」

　蒼太が今まで背負っていたセアラもムチムチしていたが、マーガレットの赤ん坊はさらにむっちりしている。焦《あせ》って、いろいろと与えすぎたからいけなかったのだろうか。

「赤ちゃんも豚も牛も丸々と太っていたほうが可愛いぜ」

「やっぱり太らせすぎたか」

「さすが、革命児だ。赤ん坊をここまで太らせるのはすごい。妖精使いに間違えられても仕方がないさ」

　ジョーイの言葉はなんの慰めにもならないが、赤ん坊は元気に声を立てられるようになった。弾けるような笑顔が嬉しい。時折、セアラと一緒に甘えてだっこをせがむようになったからさらに可愛い。

　時間を惜しんで、長期保存食の研究に没頭《ぼっとう》した。

　立ち寄った船乗りに販売しようと計画し、瓶詰めしていた葡萄ジャムや無花果ジャムや洋梨のジャムを確認する。マーマレードのようにカビは一度も生えていない。衝撃の日より、マーマレードもカビが生えないから販売してもよさそうだが控えた。大丈夫だと思うが、万が一のことを考える。オレンジが手に入れば、大量のマーマレードを作って今度こそ大々的に売りだす予定だ。

「……よしっ、ジャムは葡萄に無花果に洋梨の三種……いや、リンゴと栗も持っていくか。

ジャムは五種類だ……大量に持っていって売れ残ったら大変だな……けど、せっかく来てくれたお客さんに何もなかったら悪いし……悩むぜ……」

蒼太は多めに自家製の味噌や豆腐、ドレッシングを作っては余らせている料理長や担当者の気持ちがよくわかった。

『売切れでお客様にがっかりさせるより、売れ残ったほうがいいのよ。売れ残ったらスタッフに持ち帰らせたらいいわ』

女将《おかみ》の母親が笑顔で賞味期限間近の自家製味噌や豆腐をスタッフに配っていた姿を思い出す。実家の老舗旅館はわざと完売にして希少価値をあげる営業方法をとってはいなかった。不景気にも拘わらず営業しなくても、リピーターが多いし、口コミで客が増えていったからだ。

「……そうだよな。運送料のコストや人件費は考えなくてもいい。売れ残ったらどこかの施設に寄付すればいい。持てるだけ持っていくぜ」

メシまず王国の本拠地に乗り込むのだ。料理の革命者として評判が轟いているらしいから、屋台には客が並ぶと考えていた。

けれど、甘いかもしれない。

ブラッドロー元帥やギルドの営業妨害も考慮し、屋台に狂暴な閑古鳥《かんこどり》が鳴くことを覚悟した。

それでも、五種類のジャムを大量に搬入する。

「塩レモンもたくさん持っていくぜ」

当初、レモンは手に入らないと思っていた。

しかし、食堂に立ち寄る船乗りたちに相談していたら、いろいろなルートで各地からレモンが集ってきたのだ。船乗りのネットワークは感心するぐらい強い。

蒼太は感服したが、どの船乗りたちも言った。『美味いメシの礼』と。『壊血病の船乗りを治してくれた礼だ』と。

大豆料理に感動した領内の農夫もレモン栽培に乗りだしてくれることになり、蒼太のレモン革命には拍車がついた。ポインセチア祭には大量の塩レモンを搬入する。

「ピクルスも五種類、持っていくぜ」

蒼太は旬の野菜で大量のピクルスを作っていた。さらに今の旬の野菜でピクルスを改めて作る。大根だけ、ニンジンだけ、白菜だけ、カブだけ、という瓶より、全種類、混ぜた瓶を多めに用意するつもりだ。

「乾パンが日持ちするのはわかっているけれど不味い。あれはマジに不味い。ドライフルーツも日持ちするがあれだけじゃ……ラスクも日持ちするけど……うう～っ、やっぱりビスケットだ。日持ちするビスケットを焼くぜ。ヘクター艦長の連絡で俺のビスケットはカビも生えず、蛆《うじ》もわかなかったと証明された」

保存できる食べ物といえば、水分が少なくて空気に触れないものか、塩や油漬けされたものだ。米は一年以上保つが、炊いたら一日だ。季節や保管場所によったら一日、保たないかもしれない。

だいぶ前、蒼太はたっぷりの砂糖とバターを使って焼いたビスケットをシャーロット号に積んだ。結果、カビも生えず、蛆もわかず、日数がたっても美味しく食べられたという。屋台の商品にビスケットは欠かせない。

蒼太は厨房で日持ちするビスケットを焼き続けた。ドライフルーツやスパイスでバリエーションも替える。

「ジャムに塩レモンにビスケット……なんか、やっぱり寂しいな。日持ちするブレッド……あ、イタリアのパネトーネやパンドーロだ。あれは美味いし、日持ちがする。ドライフルーツはたんまりあるからパネトーネだ」

蒼太の前にイタリアのミラノ発祥の伝統的な発酵菓子がぱっ、と光り輝くように浮び上がった。卵黄とバターをふんだんに使って熟成発酵した生地に、オレンジピールやレモンピール、サルタナレーズンなどのドライフルーツを混ぜてしっとりと焼き上げるのだ。アーモンド粉もコーンスターチもひまわり粉もあるから、アーモンドアイシングも作ることができる。

「……酵母は自家製の葡萄酵母……粉屋の酵母……あ、駄目だ。パネトーネを焼くにはパネトーネ種がいるんだ……無理だ。仔牛は多いが無理だ……」

パネトーネに欠かせないパネトーネ種は、誕生したばかりの仔牛が初めて乳を飲んだ後の腸内から取りだした菌を小麦粉と混ぜて作る酵母だ。まず、危険な雑菌に強い。水分や油脂分や糖分に対する耐性も強いから、パネトーネ種で焼いたブレッドは保水性や防腐性だけでなく防菌性にも優れ、日持ちするという。長期保存食として最適だが、パネトーネ種は北イタリアのコモ湖周辺でなければ、培養《ばいよう》が難しいそうだ。

どんなに奇跡が重なっても、ポインセチア祭出立日までにパネトーネ種が手に入るとは思えない。

パネトーネ種を扱うのは至難《しなん》の業《わざ》で、高度で専門的な技術が必要とされている。蒼太が知っていた一流のパティシエも一番緊張する菓子だと公言していた。

……自分の腕を忘れるな。

第一、ここは金さえ積めばなんでも揃う日本じゃないんだ、と蒼太はイタリアのみならず世界のクリスマスで食べられている伝統的な発酵菓子を断念した。

……いや、諦めるのはまだ早い。

「……イタリアのクリスマスが駄目ならドイツだ。ドイツのシュトレンだ。サワー種なら粉屋が頑張ってくれたからある。粉砂糖もスパイスもある。この際、利益は気にしない。ジョーイやヘクター艦長に持たせたフルーツケーキよりシュトレンは日持ちするぜ」

ドイツのクリスマスの伝統的な発酵菓子が現代日本にも定着し、あちこちのベーカリーで見かけるようになり、家庭でも作られるようになった。生イーストや葡萄酵母、リンゴ酵母で作ることも多いようだが、本来、シュトレンはサワー種で作るとされている。このサワー種が効果を発揮するのは、どっしりとした食感だけではない。サワー種に含まれる菌によって腐敗やカビに強くなり、焼き上がりの時点から長期保存可能になる。

生地に使う水分が少ないのも、日持ちする理由のひとつだ。

さらにラム酒に漬けたドライフルーツやナッツをたっぷり加えるので、雑菌の繁殖を防ぐ効果もある。

バターは生地にたっぷり使う。焼き上がった後にも溶かしたバターを何度も塗るので、生地を空気からガードする。

ただ、惜しむらくはバターは酸化が早い。

バターの酸化を阻むために、粉砂糖でコーティングする。

シュトレンが日持ちする理由は、サワー種を使った生地と少ない水分とアルコールに漬けたドライフルーツやナッツとバターと砂糖だ。

「屋台の大目玉はシュトレンだ。やるぜっ」

蒼太は屋台の看板商品を決めると、改めて材料を手配した。そうして、厨房に籠もってずっしりと深みのあるシュトレンを焼き上げた。

もちろん、日々、ポインセチア祭についての正しい情報も収集する。食堂に集まる客たちからも情報を掻き集めた。単なる祭りでないことは確かだ。身分に関係なく、年代別の子供たちが出場する障害物競争や騎士たちの騎馬槍試合が祭りのハイライトであり、かつてはダンが名を上げたという。今現在、ブラッドロー元帥の甥と息子が名を売っている。グリフィスの強さは本物だ。騎馬槍試合などでもらった賞金はすべて教会や施設に喜捨する聖騎士だとも聞いた。

蒼太の中でひとつのシナリオが書き上がる。

まだ誰にも告げていない。

けれど、日々、熱心に神に祈るエセルバートを目の当たりにして、完成させたシナリオを実行に移すことを決めた。

……わかっているさ、エセルバート様が苦しむ理由はわかる。

聖なる魂を苦しめちゃヤバい。

聖母マリアを悲しませずにコートネイを取り返してやる、と蒼太は協力者にシナリオを打ち明ける。

驚かれたが反対はされなかった。

これで決まりだ。

第八章

日に日に風が強くなる中、慌ただしく準備に追われていると、あっという間に王都に向けて出立する日がやってきた。

汽笛が鳴る。

蒼太はキースが舵を取る船上から見送りの人々に手を振った。

「コートネイを土産に帰ってくるから楽しみに待っていてくれーっ」

蒼太は大声で叫んだが、子供たちの雄叫びで掻き消されたようだ。

青い空の下、波打つ海はどこまでも続いている。海上だからといって子供たちは臆《おく》したりせず、元気に飛び跳ねていた。

「こんな大所帯になるなんて夢にも思わなかった」

蒼太が独り言のように零すと、コーディは隣で笑った。

「ソータお兄ちゃん、仕方がないよ。みんな、ママと離れたくないもん」

「コーディ、小さな弟や妹たちが海に落ちないように気をつけてやってくれ」

蒼太の懸念はキースやジョーイといった船を動かしている海兵隊の懸念でもあった。まずもって、落ちたら助からない。

　想定外だがなんとかなる、と蒼太は心の中で自分に言い聞かせた。

　当初の計画においてポインセチア祭の屋台で保存食を売るのは、コーディや年長組の少女たちなど、しっかりとした子供たちだった。マーヴィンは連れて行くが、ほかのやんちゃ坊主やおしゃまな女児やヨチヨチ歩きの子供や赤ん坊たちはストラトフォード城に置いていくつもりだったのだ。果物屋のメラニーが泊まりがけで子供たちの世話をしてくれる手筈《てはず》になっていた。マーガレットの妹も子供たちの若い母と化していたからちょうどいい。それなのに、留守番組の子供たちがエセルバートにしがみついて泣きじゃくったのだ。メラニーやマーガレットの妹が宥めても効果はなかった。

　蒼太は無視するつもりだったが、エセルバートが折れてしまう。

　結果、手のかかる子供たちもポインセチア祭に同行することになったのだ。辛うじて、乳幼児たちはメラニーとマーガレットの妹に任せた。海兵隊のメンバーも同行組と留守番組に別れた。何かあれば即座に伝書鳩を飛ばすことになっている。

　販売物も子供たちも多いし、いろいろなリスクを考慮し、馬車を連《つら》ねずに船で王都に向かうことになった。

　ダンは命がけの試合をするとは思えないぐらいリラックスしている。シンシアもべったりと銀髪の騎士に張りついていた。

「マーヴィン、危ないからマストに上るなーっ」

「ビリー、お前は船長じゃないーっ」

「ヒュー、どうしてそんなところに潜り込んでいるんだーっ」

「ロニーは魚じゃないだろうーっ」

危惧した通り、海兵隊の面々はやんちゃ坊主に振り回されている。特にマーヴィンはどこにいても極《きわ》めつけのやんちゃだ。

蒼太は止めたりせず、大海原を眺めながら自分が書いたシナリオを推敲《すいこう》した。

舵を握っているのがキースだから海賊に襲われる危険はないし、エセルバートの祈りがいつにもまして熱心だから遭難する危険はないと踏んでいる。聖なる魂を乗せた船が海難事故で沈没したらこの世の終わりだ。

エセルバートと目が合った瞬間、哀感を帯びた声で言われてしまった。

「ソータ、蛮行《ばんこう》に等しい騎馬槍試合は許されません。陛下の英断をお祈りしましょう」

「エセルバート様、まだそんなことを言っているのかよ」

「私の愛しい子たちが短期間とはいえ、王宮で生活できるか心配です」

ポインセチア祭の間、エセルバートは王宮に与えられた自室に滞在するようにジェレマイア八世から命じられていた。自室といっても洗面所がついた一室ではない。大広間やら客用の応接室やら客用の寝室やら私用の応接室やら書斎や寝室やら、ちょっとした城なみの一角が王位継承権を持つ大貴族に授けられているという。上流貴族でも王宮にそこまで部屋を賜ることはない。下級貴族は王宮に部屋を用意されるどころか、出入りすることさえ許されない。王宮の部屋はエセルバートの権力の象徴だ。

もっとも、今回はそれが仇《あだ》をなした。王宮に部屋が与えられているので、王都の屋敷に寝泊まりできない。思案に暮れたが、子供たちとともに王宮入りだ。船旅の荷物の中には新調した貴族子弟用の衣類や靴が含まれている。

蒼太は貴族子弟用の衣類や靴の高さに目眩がしたものだ。年長組の少女のおさがりを小さな女児に着せようとしたら、エセルバートに非難されたから参った。優雅な大貴族の辞書に『もったいない』という言葉はない。

「うん、それは俺もわかる」

蒼太は豪華絢爛な王宮で走り回るマーヴィンたちが容易に想像できる。ジェレマイア八世が笑って許しても、ほかの王宮貴族は許さないだろう。ブラッドロー元帥に買収された議会のメンバーに追求されるに違いない。

「神に祈るしかありません」

「神に祈ったらマーヴィンたちが礼儀正しくなると思うのかよ」

蒼太は呆気に取られたが、エセルバートはどこまでも真剣だ。

「神に祈れば導いてくださいます」

「……ま、とりあえず、風任せの船旅なんだ。予定より遅れるかもしれないし、早くなるかもしれないから、その覚悟はしておいてください」

蒼太がさりげなく言うと、傍らで聞き耳を立てていたジョーイがシニカルに笑った。料理以外は優秀な弟子は、蒼太の真のシナリオを知っている協力者だ。もちろん、清らかな当主には真のシナリオを告げていない。

「ソータ、ポインセチア祭の六日前に王都に到着し、王宮に入る予定ですね？」

「エセルバート様、そうです。王宮に入って、ゆっくりして、王都を見学して、ポインセチア祭の準備をします」

蒼太が予定を口にすると、シンシアにへばりつかれているダンは目を細めた。きっと、騎馬槍試合に向け、心と身体を整えていくのだろう。

波の音に混じって、やんちゃ坊主の雄々しい咆吼と海兵隊のメンバーの絶叫が響き渡る。船酔いしている子供はいないが、グレアムは気分が悪いらしく早々に船室に入った。端整な元書記官の弱点は船だ。

まだ見ぬ王都に続く大空をカモメが飛んでいる。

「……あ、こんなにゆっくり大空を眺めたのは久しぶりだ」

ランチ営業やディナー営業がないから、普段より蒼太はゆっくりできた。ただ、船内でもやらなければならないことは多々ある。

船内の厨房で食事を作ったが、いい勉強になったと実感した。以前、キースの海賊船で料理をした時とはまた違った。

「……あぁ、これが航海中の調理か……航海中の料理……これが当分の間、続くのか……そうだな……浴びるぐらい酒を飲む気持ちがわかるぜ」

蒼太は過酷な船上生活を改めて痛感する。単なる航海でも厳しいのに、海戦となれば悲惨だろう。

戦争はやめてほしい、とも蒼太は切実に思った。

ブラッドロー元帥がロレーヌ帝国との開戦を主張しているというから腹立たしい。粉屋の店主にサワー種の作り方を伝授《でんじゅ》してくれたのは、ロレーヌ帝国から蒼太の料理を食べるためにわざわざ海を渡ってきた老舗粉屋の店主だった。国同士は緊迫していても庶民同士では友好を結んでいる。

「クソオヤジ元帥、見てろよ。ポインセチア祭で一気にカタをつけてやる」

蒼太は厨房でジャガイモのパンケーキを焼きながら力んだ。隣でジョーイが目を丸くしているが気にしない。

航海は風次第に波任せだ。

予定より遅れに遅れ、エセルバートやグレアムたちは焦った。ダンの表情はこれといって変わらないが、内心はわからない。

「キース、ポインセチア祭に間に合いますか？」

グレアムが青い顔で聞くと、キースはいつもと同じ調子で答えた。

「風に聞いてくれ」

「……屋台はともかく騎馬槍試合に遅れたら不戦勝でブラッドロー元帥の勝利です」

馬車を連ねて王都に向かえば、途中、ブラッドロー元帥側の妨害があるかもしれない。その懸念もあって、全員一致で船旅になった。余裕の予定を立てていたのにも関わらず、大幅に遅れてしまったのだ。

「風に聞け」

「古式にのっとった騎馬槍試合の直前、出場する騎士たちは教会でお祈りを捧げます。その刻限《こくげん》に間に合わなければなりません」

「風に言え」

キースが話を終わらせるように航海図に視線を流せば、グレアムの整った顔が引き攣る。血の気の多い騎士ならば剣を抜きそうな雰囲気だ。

……ヤバい。

グレアムはそれでなくても船酔いで苦しんでいるんだよな。

キースももうちょっと言い方を考えろ、と蒼太は心の中で焦りながら、グレアムの肩を宥めるように叩いた。そうして、エセルバートに荒い語気で言った。

「エセルバート様、こういう時こそお祈りだろ。思う存分、神様に祈ってくれ」

「ソータ、そうですね。ともに祈りましょう」

エセルバートが祈りだすと、周りにいた子供たちも倣う。グレアムだけでなくアンブローズまで祈りだす。

蒼太も祈るふりをしつつ、心の中では舌を出した。

キース、さすがだ。

予定通りじゃないか。

このまま頼むぜ、と蒼太は心の中で真のシナリオ通りに動いている協力者に語りかけた。いっさい動じないダンに感心しながら。

本日、騎馬槍試合が行われるという日の朝、蒼太やエセルバートを乗せた船はやっと王都の港に到着した。

「ダン、おはよう。シンシアが寝ている間に下りたほうがいいぜ」

蒼太はキースやジョーイとともにダンの下船を見送る。

「またな」

ダンは朝の挨拶代わりの簡潔な言葉で、真っ先に船から下り、待機させていた馬に飛び乗った。付添いのグレアムにしてもそうだ。

一陣《いちじん》の風のように元宰相の騎士と書記官は朝靄《あさもや》の中に消えた。エセルバートや子供たちはまだ起きてこない。

「ああ」

蒼太がボサボサ頭を掻きながら聞くと、キースは低い声で肯定した。

「キース、教会の大司教の儀式っていうヤツに遅刻したらアウトなのか？」

「ああ」

「あのふたりだから間に合うよな？」

蒼太の真のシナリオ通り、キースはギリギリの刻限に到着させた。遅刻したらおしまいだと、今になって一抹の不安が拭えない。

「ブラッドロー元帥の妨害がなければ」

「俺たちの船が遅れたことは掴まれているよな？」

古今東西、情報戦を制した者が勝利を得る。蒼太は各地に散らばっている船乗りや賞金稼ぎの協力を得て、ブラッドロー元帥側の行動をマークしていた。こちらもマークされているという報告が、エセルバート所有のシャーロット号関係者から届いている。多数の壊血病患者を治した船の関係者からも多くの情報が寄せられた。

「間違いなく」

「ダンに妨害を仕掛けていると思うか？」

「教会までの宿にブラッドロー元帥に雇われた刺客が五人、泊まっているらしい。傭兵軍団が押さえる手筈だ」

今回、蒼太は食堂の常連客だった傭兵軍団を雇っていた。ダンやキースとも顔馴染みだからちょうどいい。

「よしっ」

「成功報酬として牛肉のシチューがかかったトンカツを希望するそうだ」

傭兵軍団の大好物はダンやキースと同じようにトンカツだ。蒼太は気のいい頑強な男たちを瞼に浮かべた。

「ハッシュドビーフ添えのトンカツだな。任せろ。お祝いパーティにはトンカツタワーと一緒に出してやる」

「ソータも早く下船しないと間に合わない」

「そうだな。屋台の準備だ」

蒼太が慌てて準備をしていると、エセルバートや子供たちが起きてきた。予想通り、船から眺める港町に子供たちは興奮している。特にマーヴィンは今にも海に飛び込みそうな勢いだ。

「マーヴィン、飛び込むな。お前は飛び込み選手じゃないんだからなーっ」

蒼太の絶叫が響くや否や、マーヴィンは海に飛び込んだ。

……否、間一髪、ジョーイが体当たりで阻んだ。

「ジョーイお兄ちゃん、離して。泳いでいくの」

マーヴィンは水揚げされたばかりの巨大マグロのようにジタバタするが、ジョーイは全身で押さえ込んだ。

「……マーヴィン、死ぬぞ」

やんちゃ坊主キングの暴れっぷりに肝《きも》を冷やしている場合ではない。海兵隊の手を借り、人海戦術で下船する。やんちゃ坊主や小さな子供たちは、荷物のように抱えて運ぶしかなかった。指示通りに自分で歩くコーディや年長組の少女が頼もしい。

舌足らずな声や可愛い雄叫びと罵声が飛び交う中、やっとのことで子供たちをそれぞれの馬車に詰め込む。

ジョーイが子供たちの頭数を数え、蒼太に合図を送った。

「よしっ、英雄広場に直行だーっ」

もはや王宮に立ち寄り、ジェレマイア八世に挨拶をしている時間はない。蒼太は貴族用の身なりをさせたマーヴィンを掴み、コーディや年長組の少女たちとともに馬車で屋台を出店する英雄広場に向かう。

「ソータお兄ちゃん、ママは？」

マーヴィンにつぶらな目で聞かれ、蒼太は抱き締め直しながら答えた。

「マーヴィン、ママは後ろの馬車だ」

エセルバートやアンブローズ、ほかの子供たちはべつの馬車だ。屋台出店に必要な物や大量の販売物は五台分の荷馬車に積んでいる。余裕を持って積んでいるが、足りなくなったら海兵隊のメンバーが船に在庫を取りに行く手筈になっていた。

「キースお兄ちゃんは？」

「違う馬車にいる」

「ジョーイお兄ちゃんやボブお兄ちゃんは？」

「違う馬車だ」

「お魚さんは？」

「海にいる」

王都の港からしてサフォークとは規模が違ったが、寄港中の船や汽笛の数、行き交う人々の数も雲泥《うんでい》の差だ。さすが、君主のお膝元だと感服する。活気がまるで違うが、ズラりと並んだ屋台の飲食物はひどかった。

「ソータお兄ちゃん、お魚、泳いでいない」

マーヴィンが小さな指で指した先は屋台で販売されている焼き魚だ。大きな石を竈《かまど》のように積み、店主は水揚げされたばかりの魚を串に刺して焼いている。強健そうな男たちが品定めしていた。

「……あぁ、魚を串で焼いているんだな。どうしてあんな真っ黒に焼いた魚ばかり売っているんだ……あ、あの焦げ茶色の塊はブレッドだよな……ここはメシまず通りか……」

「ソータお兄ちゃんのモグモグと違う」

「マーヴィンでもわかるのか」

「真っ黒」

「……あぁ、ターキーの丸焼きも子豚の丸焼きも真っ黒……げっ、野ウサギも真っ黒に焼いたのか……」

蒼太が馬車から眺めただけでも、メシまず王国の呼び名に相応しい屋台がひしめきあっている。一目で船乗りだとわかる日に焼けた肌の男たちや湾岸労働者たちも、美味しそうに食べているから味覚を疑ってしまう。おそらく、洒落《しゃれ》た食堂で提供されている食事もいい素材を台無しにした料理に違いない。

メシまず革命は必要だ、と蒼太は無意識のうちに拳を握ってしまった。

王宮に近づくに連れて街並みは洗練され、あちこちに凝った建物や銅像を見かけ、蒼太は圧倒されてしまう。いつだったか、テレビの特別番組で観たヨーロッパの世界遺産に指定された街並みを連想させる。

子供たちのはしゃぎっぷりも半端ではない。

「……す、すごい。小さなお城がたくさん並んでいるーっ」

「マリア様と天使のお人形がいっぱいあるでち」

「お菓子のおうち？　お菓子のおうちでちゅ」

子供たちが身を乗りだして興奮し、馬車の中で暴れるから押さえるのに大変だ。蒼太は全身全霊を傾け、馬車から飛び降りようとするマーヴィンを掴んだ。コーディや年長組の少女たちは、ほかのやんちゃ坊主たちを掴んでいる。

たぶん、前の馬車に乗っているエセルバートも昂っている子供たちを宥めるのに必死だろう。同乗している海兵隊員も奮戦しているはずだ。

「ソータお兄ちゃん、離して」

マーヴィンはじっとしていられないらしく手足をバタバタさせたが、蒼太は渾身の力を振り絞って封じ込めた。

「マーヴィン、飛び降りるな」

「お散歩」

蒼太も蜂蜜色のレンガが続く街並みを闊歩したい気持ちはよくわかる。香り袋やレース、陶器を扱っている店は軒先からお洒落だ。ポインセチア祭を王都全体で祝うのか、街角のいたるところでポインセチアの鉢植えを見つけた。

「今は駄目」

「なんで？」

「まず、英雄広場に行くんだ」

ポインセチア祭は救国の英雄を称えて作った広場で開催される。どこからともなく、鐘が鳴り響いてきた。

「なんで？」

「そういう予定……って、広場でお菓子を食うんだ」

蒼太は一筋縄ではいかないやんちゃ坊主を思いだし、言い回しを替えた。英雄広場に到着して、ビスケットを食べさせたら嘘にはならない。

「ソータお兄ちゃん、おしっこ」

「……えぇ？　こんなところで？」

勝手がわからない道中、こういうことがないように、下船前にはマーヴィンのみならず子供たちを厠に強引に送り込んだ。

「おしっこしていい？」

ヤバい。

ここで馬車を止めるしかないか、と蒼太はそこまで考え、はっ、と思い当たった。マーヴィンの愛くるしい笑顔に騙されてはいけない。蒼太は目的のためなら手段を選ばないやんちゃ坊主の本心に気づいた。

折しも、馬車の外には人魚の彫刻が施された大きな噴水がある。鮮やかなポインセチアにデコレイトされて、涼やかな水の流れが華やいで見えた。

「……お前、下りて噴水に飛び込みたいだけだろ。魂胆はわかっているんだ……待て、暴れるなーっ」

蒼太は真っ赤な顔で叫びながら、全力でマーヴィンを掴んだ。コーディや年長組の少女たちも、飛び降りようとするやんちゃ坊主たちを全身で押さえ込んでいる。

やんちゃ坊主といる限り、馬車の中でも息が抜けない。

蒼太は屋台が並ぶ英雄広場に到着する前にどっと疲れてしまった。それでなくても、大幅に遅れているというのに。

「……遅刻がなんだ。屋台の遅刻にペナルティはなかった」

早々に到着して開店準備をしても、かえってブラッドロー元帥やギルドのいやがらせを受けるかもしれない。何より、マーヴィンたちの暴れっぷりが恐い。祭りが開始してからのほうが、暴れないと踏んでいた。

遅刻してよかったんだよな、と蒼太はマーヴィンを羽交い締めにしながら本日のシナリオを思い返した。

今のところ、順調に進んでいる。

キースやジョーイは下船し、密かに行くべきところに向かったはずだ。必ず、やり遂げてくれると信じている。


色鮮やかなポインセチアに彩られた英雄広場に辿り着いた途端、蒼太の疲弊感は吹き飛ぶ。なんというのだろう、活気がすごい。

「うわっ……盆踊りの規模じゃねぇ。テレビで観たヨーロッパのクリスマス・マーケットみたいだな」

ジンジャーブレッドの屋台や長靴のビスケットの屋台や子羊の串焼きの屋台や天使像の屋台や甘栗の屋台や果物を浮かべたリンゴ酒や葡萄酒の屋台など、多種多様の屋台がすでに開店している。ポインセチアの花を髪や胸につけた女性が多く、見た目にも鮮やかでいい。

英雄像の前ではいかにもといったタイプの音楽家がヴァイオリンを弾いている。触発されたらしく、アンブローズは音楽家の隣に立ち、艶のある声で歌いだした。こういった大きな祭りは、吟遊詩人にとっては営業を兼ねた晴れ舞台だ。

蒼太も今日はアンブローズを屋台スタッフにカウントしていない。キースやジョーイ、一際迫力のある青年たちはおらず、残っている海兵隊員は比較的控えめな容姿だが、これも真のシナリオ通りだ。

テーブルが並んだ立食のスペースもあり、早くも大きなパンを皿代わりにしたスープや真っ黒なフィッシュ＆チップスを食べている家族連れがいた。美味そうに食べているが、蒼太の目には不味そうな料理だ。

メシまず革命、これからだ。

俺のメシを食ってくれ、と蒼太は心の中で呟きながら開店の準備をした。テーブルクロスなどのリネン類は、サフォークの海や空をイメージした明るい青だ。

「ソータお兄ちゃん、ジャムはジャムだけで固めて並べればいいんだよね？　これでいいかな？」

「コーディ、崩れないように」

コーディや年長組の少女は指示しなくても動いてくれるから助かる。マーヴィンを筆頭としたやんちゃ坊主たちも、使命感に燃えたかのように出店準備を手伝う。おしゃまな女児やヨチヨチ歩きの子供たちにしてもそうだ。

唯一人《ただ》、なんの役にも立たないのが、ほかでもない最年長のエセルバートだった。いつもと同じように悠然と佇んでいる。

蒼太もあえて屋台でエセルバートを使おうとは思わない。

屋台に商品を並べ、商品説明のポップならぬ看板を立てる。ヨチヨチ歩きの子供たちがビスケットを持って立てば、それだけで看板マスコットだ。味見用のシュトレンをスライスして、銀の皿に並べた。ビスケットやジャム各種、ピクルス各種に塩レモンの味見も用意した。それぞれ、子供たちに持たせる。

木の椀に釣り銭《せん》を用意した時、呼び込みもしていないのに、白髭《しろひげ》の老人が蒼太目がけて足早にやってきた。

「……あ、黒髪に黒い瞳の東洋人、君だね。君が妖精使いのソータだね。レモンガーリックの塩焼きそばや塩レモンの鶏の唐揚げを食べて感動した船乗りからよく聞いているよ」

記念すべきひとりめの客の第一声に、蒼太は仰《の》け反《ぞ》ったが、声を荒げたりはしない。営業スマイルを旨《むね》に否定した。

「俺は妖精使いじゃなくて料理人です」

「……まぁ、認めたくないのはわかるがもうバレているからね……おぅ、今日は塩レモンがあるんだね？　……ん？　シュトレンは初耳だよ」

白い髭の老人は屋台に並んだ塩レモンの瓶に驚嘆の声を上げた。どうやら、革命料理の噂を知っている。

「はい。長期保存ができる商品を持って来ました。長い航海に最適です」

おじいちゃん、味見ちて、と横からおしゃまな女児がスライスしたシュトレンを盛った皿を差しだした。

白い髭の老人の顔がくしゃくしゃになり、勧められるままシュトレンを摘まむ。

「……うっ？」

シュトレンを口にした途端、白い髭の老人の顔色が変わった。未知との遭遇に動揺しているような風情が漂っている。

沈黙が走るほんの一時。

「シュトレン、いかがですか？」

蒼太が身を乗りだして尋ねると、白い髭の老人は喉を鳴らした。

「……う、美味い……独特だ……どっしり……密度が高い……こんな美味いブレッドは初めてだ……ケーキなのかい？　……この美味いものが日持ちするのかい？」

信じられない、といった疑念が白い髭の老人の顔には如実に表れている。詐欺師と対峙している気分なのかもしれない。

「日持ちします。ただ、一切れでも切ったらすぐに食べ終えてください。ナイフを入れなければ、二ヶ月から三ヶ月は保つはずです。夏場だったら二ヶ月ぐらいかな」

「こんなに美味いのにそんなに日持ちするのか……すべてもらおう」

いきなり、ひとりめの客でシュトレンが完売になってしまう。気づけば、あっという間におしゃまな女児ややんちゃ坊主たちの周りには味見客が集っていた。年長組の少女たちはジャムを味見させている。

「すみません。本日はひとりでも多くの人に知ってほしくて出店しました。大量購入は後日、お願いします……あ、レシピを教えます。レシピがあれば王都の料理人でも作れると思います。レシピを書いたヤツ、受け取ってください」

グレアムに頼んでシュトレンやビスケット、塩レモンのレシピを綴った羊皮紙《ようひし》を何枚も用意していた。

「……なんと？　商売情報を公開すると言うのかね？」

白い髭の老人は腰を抜かさんばかりに驚いたが、蒼太は明確な声でほかの客にも聞こえるように言い放った。

「過酷な航海をする船乗りたちにカビの生えたメシを食わせたくありません。どうか広めてください」

蒼太の料理人としての意地に、白い髭の老人は感服したように手を上げた。

「ソータ、子供なのにあっぱれ。気に入った」

「ありがとうございます」

「名乗るのが遅れたね。私は料理人のギルドの長《おさ》だ」

白い髭の老人がギルドのトップだと名乗ったから、蒼太は驚愕で上体を揺らした。何せ、今までさんざんな噂を聞いてきた。

「……え？　ギルドのトップ？」

「ブラッドロー元帥はソータのことを悪魔使いだと罵ったが、多くの船長や艦長たちはソータを絶賛した。私は船乗りたちの意見を信じる。困ったことがあったらなんでもわしに言いなさい」

突然、料理人ギルド長のバックができた。……そういうことなのだろうか。そういうことなのだろう。

「……あ、どうも」

蒼太が惚《ほう》けた顔で礼を言うと、白い髭の老人は会計係のコーディの前に並ぶ客たちに視線を流した。

「早くも行列ができたようじゃな」

「はい」

「味見させたい同士がおる。ジャムも塩レモンもピクルスもビスケットもシュトレンもすべて一種三点、いただいてもよいかな？」

ひとり一種につき一点と限定すると、客がこれから航海に出る船乗りだったならば申し訳ない気がする。ひとり一種につき三点までならば、絶妙なルールかもしれない。蒼太は料理人ギルド長の提案に笑顔で賛同した。

「ありがとうございます。ひとり一種につき三点まで、本日のうちの販売ルールにさせてもらいます」

「気持ちがいい子だね」

「お仲間と味見をしてから、また褒めてください」

「ますます気に入った」

料理人のギルド長とはじっくり話し合いたかったが、瞬く間に増えた客の数が半端ではない。再会を約束して握手で別れた。

間髪を入れず、ふたりめの客が興奮気味に声をかけてきた。

「ソータ？　妖精を駆使して、妖精料理を作る妖精使いだね？　シュトレンには妖精がいるから長持ちするんだね？」

ふたりめも妖精使いという噂に惑わされた客だったが、蒼太は感情を爆発させたりせず、実家のベテランスタッフを真似た営業スマイルで否定した。

「俺は妖精使いじゃありません。心を込めて作りましたが、妖精は入っていません。日持ちするように拘って作ったんです。誰にでも作れますよ」

隣のコーディと客の間で妖精は話題に上がっていない。

なんにせよ、会計係の蒼太とコーディは大忙しだ。この時点で海兵隊員には船に残っている在庫をすべて搬入するように伝えた。

年長組の少女たちが販売数の制限をアナウンスしたが、すべて買い占めたいという船乗り関係者が多かった。海外の船乗り関係者もいたので、エセルバートに通訳してもらう。シュトレンや塩レモンなどのレシピをその場で訳し、海外の船乗りに手渡した。涙目で感謝してくれたから嬉しい。

……これだ。

これなんだよな、と蒼太はぎゅっ、と言葉の通じない船乗りと抱き締め合う。いい航海を願ってやまない。

ポインセチア祭は特別らしく、貴族も平民も同じテーブルで飲んだり、食べたりしている。いつしか、エセルバートの周りには一目で貴族だとわかる子弟《してい》が集っていた。ブラッドロー元帥や議会、コートネイについて忠告しているらしい。

蒼太はキャロラインと会計を変わると、商品の補充をしながらエセルバートと貴族の会話に耳を傾けた。

やはり、ブラッドロー元帥はあの手この手で裏工作に励んでいる。ただ、甥のグリフィスの強さは本物らしく、ダンの初めての敗北を予想している陸軍関係者やギルド関係者が少なくはなかった。どうも、貴族間のみならず庶民の間でも、ダンとグリフィスの騎馬槍試合は盛大な賭けが行われているようだ。

上級貴族間ではダンの勝利を有力視しているという。

それだけに、コートネイを手に入れるエセルバートを案じていた。逆上したブラッドロー元帥がどのような暴挙に出るか、誰も想像できないらしい。また、ブラッドロー元帥を誰も止められないそうだ。

「エセルバート殿、自慢の甥の初敗北にブラッドロー元帥が激昂し、陛下の前で反逆の狼煙《のろし》を上げるかもしれない。呼応するように蟄居中の大公や伯爵が挙兵するかもしれません」

巻き毛の紳士がこめかみを揉みながら言ったように、逆上した陸軍元帥の暴動を懸念する声は大きい。それ故、穏やかなエセルバートに我慢を強いる声が多数を占めているという。古今東西、どこでもおとなしい者が馬鹿を見る。

蒼太はイライラしたが口を挟んだりせず、塩レモンの瓶をテーブルに積んだ。

「陸軍も不可解な動きを見せています。エセルバート殿が海軍元帥と親交が深いと知り、反感を持っている陸軍関係者も少なくはありません」

神経質そうな文官が指摘したように、陸軍と海軍の仲の悪さは、蒼太も食堂の客から聞いて知っていた。大日本帝国時代の海軍と陸軍のいがみ合いも実家の常連客から聞いて知っているが、馬鹿馬鹿しくてたまらない。

「ポインセチア祭に血の雨を降らせないでください」

長い巻き毛の貴公子が祈るポーズを取ると、胸で大粒のエメラルドをさんさんと輝かせた議会のメンバーが単刀直入に言った。

「ストラトフォード公爵、国のため、陛下のため、民のため、ブラッドロー元帥を鎮めてください。おわかりかと思いますが、鎮める方法はひとつしかありません。コートネイを諦めてください」

「レイブル王国第三の港を持つサフォーク領はコートネイがなくても豊かなはずです。ストラトフォード公爵が欲深き御仁《ごじん》ではないと存じ上げています。どうか、悪しき家令の言動に惑わされないでください」

「今からでも陛下とブラッドロー元帥にコートネイ辞退の旨、申し上げましょう。私もお供いたします」

……この野郎、エセルバート様にそんなことを言うな。

騎士じゃないから油断していた。

こいつらはブラッドロー元帥側の奴らだ、と蒼太は強引に割って入った。エセルバートを守るように立つ。

「……悪しき家令とは俺のことでしょうか？　悪しき輩はあんたらだろう。ブラッドロー元帥にいったいいくらで買収されたんだ？」

蒼太の凄まじい剣幕に、集っていた貴族たちは狼狽した。

「……失敬な」

「騎馬槍試合は決まった。今頃、ダンとグリフィスは教会でお祈りしているだろう。下手な小細工は無駄だ」

商売の邪魔だからさっさと消えろ、と蒼太が仁王立ちで凄むと、上品そうな仮面を被った貴族たちはエセルバートに視線で挨拶をしてから去って行った。一応、それぞれ引き際は弁えているらしい。

「ソータ、無礼です。王宮ならば罪に問われていたかもしれません」

エセルバートにやんわりと窘められ、蒼太はげんなりしてしまう。これではいつ、罠に落とされてもおかしくはない。

「エセルバート様、それかよ。あいつらみたいなのがまだまだ来ると思うけど、口車に乗せられないでくれ」

「この時刻ならば、ダンとグリフィスはお祈りをすませ、教会から出ているでしょう。大司教様による中止の宣告がないのですから、私に口を挟む権利はございません」

「……あぁ、そうか……そうだったな……」

蒼太がほっと安堵の息を漏らした時、人でごった返した英雄広場の向こう側から時を告げる鐘が盛大に鳴り響く。

その瞬間、あちこちから声が上がった。

「そろそろ、チビッコ部門の障害物競争の決勝戦だ」

「今年も決勝戦にはブラッドロー元帥の跡取り息子が出るんだろう？」

「ああ、そうだ。去年は年上の優勝候補に大差をつけて優勝したからな。今年も優勝だろう」

「連続優勝はダンやグリフィスに続いて三人めか？」

「前の陸軍元帥を忘れている」

「そうだな。先の陸軍元帥の連続優秀記録を塗り替えたのがダンだったな」

「今年はダンとグリフィスが古式の騎馬槍試合をするっていうから賭けがすごいぜ」

付近にいた男たちが真っ黒に焦がした腸詰めの串焼きを手に楽しそうに語り合っている。

そろそろだな、と蒼太は屋台の前で味見用のビスケットを大盤振る舞いしているマーヴィンを後ろからそっと抱えた。

「マーヴィン、エセルバート様と一緒に陛下にご挨拶しにいこう」

蒼太はマーヴィンを抱いたまま、早足で屋台から離れた。

予め、コーディや年長組の少女たちに屋台から離れることは告げていた。すなわち、これから屋台の責任者はコーディだ。

後は頼んだぜ、と蒼太が視線で合図を送れば、聡明な長男は任せろとばかりに大きく頷いた。残っていた海兵隊のメンバーはエールを送るかのように手を振る。

「ソータお兄ちゃん、僕、陛下にモグモグあげるじょ」

蒼太はマーヴィンを落とさないように抱き直した。この雑踏の中、マーヴィンが走りだしたら迷子になる可能性が高い。

「陛下にモグモグをあげるのは明日だ。今日はご挨拶だけ」

「陛下にキス」

甘ったれのやんちゃ坊主にとって、国の頂点に立つ君主も傭兵も船乗りも商人も農夫も変わらない。エセルバートは厳格な身分制度について教育していなかった。

「キスならエセルバート様にいくらでもしてもらえ。いいか、陛下にダイビングしてキスするなよ」

「なんで？」

「陛下に飛びつくな」

「なんで？」

「なんでもいいから、陛下には飛びつくな」

蒼太がマーヴィンを抱えて、エセルバートのそばに戻ると、タイミングよくジェレマイア八世の使いが迎えにきた。

「ストラトフォード公爵様、陛下のお召しにございます」

エセルバートとブラッドロー元帥はジェレマイア八世とともに、子供の障害物競争の決勝戦や少年の障害物競走の決勝戦、青年部門の騎馬槍試合の決勝戦を観戦する予定になっている。その後、本日のハイライトであるダンとグリフィスのコートネイをかけた大一番だ。

「エセルバート様、今日はマーヴィンも連れて行く」

蒼太がマーヴィンを抱えながら言うと、エセルバートは辺りを見回した。ほかの子供たちを探しているのだ。

「ソータ、それは構いませんが、マーヴィンだけですか？」

「今日はマーヴィンだけです」

「子に与える愛は平等です。マーヴィンを連れて行くならばほかの子供たちも連れて行きましょう」

言うと思った、と蒼太は内心で聖母マリアの精神に称賛を送る。想定内の言葉に狼狽したりはしない。

「エセルバート様、時間だ。さっさと行こうぜ。屋台の出店が遅れた詫びを陛下に入れてください」

蒼太がマーヴィンを抱いたまま歩きだせば、エセルバートは異を唱えない。

英雄広場のポインセチアで作られた柵を出ると、すぐに古代ローマの円形闘技場のような場所が広がっていた。観客がいったい何名いるのか、蒼太には数えることもできない。当然のように、エセルバートが通されるのは平民席でもなければ貴族席でもない。ジェレマイア八世がいる貴賓席《きひんせき》だ。

すでにジェレマイア八世の左にはブラッドロー元帥が座っていた。甥や息子の勝利を確信しているのか、裏工作に手応えを感じているのか、並々ならぬ余裕が漂っていた。

ジェレマイア八世は常と変わらず帝王然としているが、側近や議会の長老たちには緊迫したムードが漂っていた。

闘技場であっても、エセルバートは宮廷式の礼儀を取る。

蒼太は君主に飛びかかろうとするマーヴィンを抑え込むのに必死だ。

「……へ、へーっ……」

マーヴィンがジェレマイア八世に挨拶をしようとしたので、蒼太は慌てて口を手で塞いだ。ここで腕白ぶりを披露されたら元も子もない。

「ソータ、マーヴィンではないか。離してやるがよい」

ジェレマイア八世は意外にも極めつけのやんちゃ坊主がお気に入りだ。おそらく、物珍しいのだろう。

「陛下、お優しい言葉を有り難うございます。けれど、マーヴィンを離したら陛下に抱きついてキスします。マーヴィンは寛大な陛下が大好きです」

蒼太が早口でありのままを告げると、若き君主は楽しそうに微笑んだ。

「構わぬ」

「抱きついていいんですか？」

「よかろう」

「不敬罪に問われるので勘弁してください」

蒼太は軽く頭を下げながら距離を取ろうとしたが、抱えているマーヴィンは君主に向かって小さな手を伸ばす。

「マーヴィン、レースが始まります。いい子だから着席しましょうね」

エセルバートがマーヴィンを宥めようとした時、こともあろうにジェレマイア八世が立ち上がった。そのまま近寄り、マーヴィンを覗き込む。

「マーヴィン、即答を許す」

ジェレマイア八世直々に声をかけられたら、蒼太はマーヴィンの塞いでいた口を開けるしかない。それでも、ダイビングしないように抱えたままだ。

「陛下、大好き。キスして」

マーヴィンの無邪気な笑顔と要望に、ジェレマイア八世の目が優しくなった。そうして、やんちゃ坊主の要望通り、左右の頬にキスをする。

マーヴィンもジェレマイア八世の左右の頬にキスをした。

ここが王宮だったら不敬罪に問われたかもしれないが、側近や議会の長老たちも目くじらを立てたりせず、微笑ましそうに見守っている。いろいろな意味でポインセチア祭は特別らしい。

もっとも、唯一人、ブラッドロー元帥はわざとらしいぐらいの大きな溜め息をつき、これ見よがしに言い放った。

「畏《おそ》れ多くも陛下になんてことを……ストラトフォード公爵の教育に問題がありますのぅ……」

ブラッドロー元帥の嫌みに周囲の側近や議会の長老たちは青ざめたが、ジェレマイア八世やエセルバートはいっさい相手にしない。

だからこそ、蒼太がしおらしく詫びた。

「申し訳ありません。この子は本当に甘ったれで……甘ったれの甘えん坊の極めつけです……すみません……」

マーヴィンもキスの挨拶をしたから満足したらしく、着席した蒼太の膝にちんまりと座った。

目の前、子供部門の障害物競走の決勝戦が始まる。大きな台や小さな台、網や砂場だの、障害物の確認が終わったらしい。

予選を勝ち抜いてきたふたりの子供が、ジェレマイア八世の前で神聖なる戦いをすることを誓った。どちらの子供も実年齢より体格がよく、凛々しい顔立ちをしている。ブラッドロー元帥の跡取り息子のサイラスは、亜麻色の髪をした利発そうな子供だ。もうひとりの決勝出場者は異教徒との戦争で武名を轟かせた傭兵隊長の子供だという。

ジェレマイア八世がふたりの小さな勇者に声をかける。これだけでも最高の名誉だ。

審判の騎士が各所に立ち、ふたりの決勝出場者もスタート地点に立つ。スタートの合図をするのは、ポインセチアの女王に選ばれた若い美女だ。

カランカランカラン、とポインセチアの女王は手にしていたベルを鳴らした。

その途端、ふたりの出場者は物凄い勢いで走りだした。

一番目の障害物である小さな台をいくつも飛び越え、大きな台を上って下りる。これだけでも転倒する出場者がいるそうだが、予選を勝ち抜いてきたふたりは難なくクリア。

どちらも同じタイミングで網を潜り抜け、細い台を落ちないようにそろりそろりと渡った。

予選において大半の出場者はこの細い台でバランスを崩し、落ちてしまうらしい。その時点で失格だ。

……これは平均台みたいなヤツだな。

俺たちの障害物競走と似たようなもんか。

最後の難関がそうでもないのか、と蒼太は膝に珍しくおとなしく座っているやんちゃ坊主を見た。

　マーヴィンは未だかつてないくらい真剣な顔で決勝戦を見ている。自分と同じ年代の子供たちが戦っているから熱中具合が半端ではない。

　ジェレマイア八世やエセルバートの表情はこれといって変わらないが、側近や議会のメンバーは興奮していた。多くの観客たちは立ち上がり、それぞれお気に入りの選手にエールを送っている。

　出場選手の父親であるブラッドロー元帥は微動だにせず、激戦地の最前線にいるかのような目で、レースの行方を見つめている。

　……息子っていうより騎士を見るような目だ。

　猫可愛がりしているわけじゃねぇのかな、と蒼太は噂とは違うブラッドフォード元帥の素顔を観察した。

　ブラッドロー元帥は由緒正しい伯爵家令嬢と結婚しても、誕生するのは娘ばかりで息子を諦めたという。その矢先、生まれたのが、決勝戦で疾走しているサイラスだ。年をいってから生まれた子供には甘くなるというが、ご多分に漏れず、跡取り息子を溺愛していると聞いた。しかし、今、見ている限り、猫可愛がりしているようには思えない。

　エセルバートのほうがずっと子供たちを甘やかしている。

　最後の難関、先に突破したのは亜麻色の髪の少年だった。ポインセチア祭の女王が待つゴールを切る。

優勝者が決まった。

ブラッドロー元帥の跡取り息子であるサイラスだ。

サイラスは呼吸を整えてから、玉座にいるジェレマイア八世に向かって騎士の礼儀を取った。

申し分のない少年騎士に、観客たちの歓声は大きくなる。

ジェレマイア八世も手を上げ、優勝者であるサイラスを礼賛した。

側近や議会のメンバーはサイラスを手放しで称え、父親であるブラッドロー元帥の育て方も称賛する。

だが、ブラッドロー元帥はニコリともせず、苦虫を噛み潰したような顔で応じるだけだ。

サイラスは遅れてゴールした子供と握手し、揃って観客たちに挨拶をした。非の打ち所のない騎士道精神だ。

「……サイラス……子供なのにできすぎだ……」

蒼太が無意識のうちにポロリと零してしまった言葉に、エセルバートは艶然と微笑んだ。

「ブラッドロー元帥のご子息は礼儀正しい少年だと聞いています」

「そうだな」

蒼太が同意するように頷いた時、それまでおとなしかったマーヴィンがもぞもぞと動いた。

「ソータお兄ちゃん、僕も出るじょ」

マーヴィンが膝から下りようとしたが、蒼太はすんでのところで押し留めた。ここでやんちゃ坊主を放牧したら一巻の終わりだ。

「マーヴィン、言うと思った」

マーヴィンに少しでもレースを見せれば、怖がるどころか出場したがると思った。蒼太は心の中でマーヴィンの頭を撫でる。

「僕も」

「……後でな」

「後？」

「もうちょっと待て」

子供部門の決勝戦の後は少年部門の決勝戦だ。少年という形容が憚られるような体格の男子がふたり、ジェレマイア八世に向かって宣誓《せんせい》した。

内容は子供部門も少年部門もさして変わらない。

こちらもマーヴィンは食い入るような目で少年たちの激走を見つめている。自分も出場したくてならないのだろう。

少年部門の優勝者は海軍元帥の甥だった。

運悪く、海軍元帥は航海中だが、関係者が貴賓席付近に陣取っている。はしゃぎっぷりはブラッドロー元帥の関係者より派手だった。

「ソータお兄ちゃん、僕も僕も僕もっ」

マーヴィンの興奮のボルテージが上がり、蒼太の膝でジタバタする。

「マーヴィン、出番は後だ。もうちょっと待て」

「もう待った」

「もうちょっと」

蒼太がマーヴィンを宥めているうちに、若い騎士たちによる騎馬槍試合の決勝戦が始まった。過去、先代ストラトフォード公爵の優勝記録をダンが塗り替えたという騎馬槍試合だ。今年もグリフィスが連続優勝を果たすと目されていたが出場していない。この後のダンとの勝負にすべてをかけているのだ。

「……うわっ……これが本物の迫力か……」

蒼太は目の前で行われる騎士の真剣勝負に圧倒された。観客たちが総立ちで熱狂する理由がいやでもわかる。

当然、マーヴィンの目の色も変わった。

どんな時でも貴公子然としているエセルバートや帝王然としているジェレマイア八世は称賛に値する。同じように、手に汗握る場面でも仏頂面のブラッドロー元帥には変なところで感心した。なんというのだろう、無骨男の化石に見えないでもない。蒼太がよく知る不器用な男たちと同じ匂いがしてきたのだ。

……いや、ダンやキースはクソオヤジ元帥みたいな傲慢野郎じゃねぇ。

船乗りたちとも違う。

甘く見るな、と蒼太はマーヴィンを抱き締めながら脳内でシナリオを見返した。すでに大仕掛けが発動しているはずだ。

絶対にマーガレットたちを助けてやる、と蒼太が心の中で力んだ時、若い騎士たちの勝負がついた。

昨年、グリフィスに決勝戦で敗北したという騎士が優勝する。

「グリフィスが出場していたら去年と同じように準優勝だったよな」

「ああ、グリフィスのほうが強い」

「グリフィスより年上だが、ふん切りが甘すぎる」

皮肉が飛び交っているが、観客たちは優勝者に惜しみない拍手を送った。蒼太や膝にいるやんちゃ坊主にしてもそうだ。

ジェレマイア八世も優勝者を誇らしそうに称えた。

ここで休憩とばかりに、可愛い民族衣装に身を包んだ子供たちの踊りが披露される。選りすぐりの美少女や美少年たちと聞いていた。

蒼太は膝でうずうずしているやんちゃ坊主を眺めた。

……うちのやんちゃ坊主キングもルックスでは負けていない。

いや、うちのマーヴィンのほうが顔だけなら可愛い。

リアル天使、その無駄に可愛い顔でクソオヤジ元帥を騙すんだぞ、と蒼太は心の中で膝の幼子に言い聞かせた。

子供たちの可愛い踊りが終わった時、土色の顔をした担当者が足早にやってくる。ジェレマイア八世やブラッドロー元帥、エセルバートに聞こえるように報告した。

「報告します。ダンもグリフィスも大司教様も……関係者一同、刻限を過ぎても到着しません。神の怒りに触れたと、騒いでいるシスターたちが押し寄せています」

担当者の言葉は要領を得ないが、不測の事態が起こったことは予想できる。ブラッドロー元帥が即座に反応した。

「陛下の御前である。冷静に報告しろ」

「……はっ……失礼しました。レイブル王国創立時の作法にのっとり、ダンとグリフィスは大司教様の特別拝礼に参列しました。定刻きっかり、大司教様とダンとグリフィス、関係者一同は大聖堂を出立しました。途中、聖母マリア教会のシスターは一行が通り過ぎる姿を確認しています……が、それ以降、目撃情報がありません」

今にも倒れそうな担当者の報告に、周囲の面々は悲鳴にも似た声を漏らした。どんな隠謀《いんぼう》が潜んでいるか、わからないからだ。大司教が狙われたのか、最強の名を競っている騎士たちが狙われたのか、君主に対する反乱として特別なポインセチア祭が狙われたのか、定かではないが、大がかりな謀反の序幕かもしれない。

……やった。

さすがだ。

キースやジョーイたちは上手くやってくれたんだ、と蒼太は心の中でガッツポーズを取った。

もちろん、態度に出したりはしない。周りの貴族たちと同じように、恐怖に駆られた顔で震えた。

エセルバートの清楚な美貌にも陰が走るが、ブラッドロー元帥は少しも動じず、真上から叩きつけるような態度で言い放った。

「大きな祭りに際し、騒動はつきもの。狼狽《うろた》えるな」

「……ただ、ただ、つい先ほど、一行が覆面《ふくめん》の大盗賊に襲撃される姿を見たという商人がいました。商人本人は気づかれないように逃げてきたそうです」

「ダンとグリフィスが揃っていたならば、たとえ相手がどのような大悪党の軍団でも遅れは取るまい。大司教様をお守りし、陛下の御前に現われるだろう」

陸軍元帥による見通しに、誰も異議を唱えない。側近や議会のメンバーは同意するように相槌を打ったが、担当者は風に消え入りそうな声で言った。

「……は……はい……ただ、もう時間が……これではもう今日の試合は……」

「日を改めるしかないようですな」

ブラッドロー元帥が賛同を求めるようにエセルバートに視線を流した瞬間、蒼太はマーヴィンを抱いて立ち上がった。

今だ、と。

「ブラッドロー元帥、これも天の思し召し、今日、この場で決着をつけましょう」

蒼太が明瞭な声で挑戦状を叩きつけると、ブラッドロー元帥は好戦的に口元を緩める。どうやら、騎士たちの騎馬槍試合を見て血が騒いだらしい。

「グリフィスの代わりにわしが出場する。ダンの代わりはソータ、東洋の悪魔使いか？」

「俺は悪魔使いじゃない。ダンの代わりはマーヴィンです。天使みたいな子でしょう」

天使、と蒼太は営業スマイルを浮かべ、マーヴィンを高く抱き上げた。天使のように愛らしい子供は、白い羽根の代わりに手足をバタバタさせる。

可愛い、とあちこちから感嘆の声が漏れた。

「……こやつ？　甘ったれの？」

意表を衝かれたらしく、ブラッドロー元帥は目を丸くした。障害物競争に出場する子供は腕白坊主ばかりだという。外見もそういったタイプの子供が多いらしく、天使のような美少年は珍しい。

「あんな可愛い子に？」

「天使みたいな子には無理だろう」

「途中で泣きだすんじゃないか？」

「出場前に泣きだしてリタイアだろう」

周りの貴族たちは蒼太が抱いている金髪碧眼の美少年を見て、不可解そうに話し合っている。誰一人としてマーヴィンが極めつけのやんちゃ坊主だと思っていない。

蒼太もそれを見越して、マーヴィンにはフリルやリボンのついた絹のブラウスとキュロットを身につけさせせた。タイツも靴もリボンがついた質のいい貴族用だ。子供時代のエセルバートの身なりを参考にしたが、マーヴィンの天使レベルが上がった。髪の毛も短くカットせずに、それっぽく整えたから愛くるしさが増している。

「コートネイをかけた勝負はマーヴィンとサイラスにさせましょう。騎馬槍試合ではなく、障害物競走です。子供たちの勝負だから古式の作法にのっとった処刑はナシ。お仕置きもナシ」

蒼太が感情を込めて言うと、ブラッドロー元帥は驚愕の声を漏らした。

「……なんと」

「せっかくこんな楽しいお祭りで公開処刑は血腥《ちなまぐさ》すぎる。ダンやグリフィスの遅刻は天の思し召しじゃないですか？」

「小童、計ったな」

何か感づいのか、ブラッドロー元帥の眉間に深い皺が刻まれた。周りの空気が異様なぐらい重くなる。

「何が？」

蒼太が惚《とぼ》けると、ブラッドロー元帥はマーヴィンを調べるようにまじまじと眺めた。品定めしているようだ。

障害物競争で連続優勝を果たしたサイラスとマーヴィンの容姿は、悪魔と天使ほどではないが、だいぶタイプが違う。

「……よかろう。わしの代表は息子のサイラスじゃ。公爵の代表はその子でいいのだな？」

「はい。甘えん坊の天使が出場します」

蒼太とブラッドロー元帥との交渉に、決断を下すのはジェレマイア八世だ。王者らしく高らかに笑うと、コートネイをかけた子供たちの勝負が決まった。

つまり、サイラスとマーヴィンの一騎打ちだ。

エセルバートも異論は唱えないが、心配そうにマーヴィンを見つめている。怪我をしたらどうするのですか、とその綺麗な目は語っていた。

当然、エセルバートの無言の非難は無視するに限る。

「マーヴィン、出番だぞ」

蒼太が顔を覗き込むと、マーヴィンは怯えるどころか嬉しそうにボーイソプラノで雄叫びを上げた。


急遽、試合変更のアナウンスが円形闘技場に流れると、観客たちからどよめきが起こった。ダンとグリフィスの最強の名をかけた勝負に期待していた観客は落胆《らくたん》したようだ。しかし、子供の勝負に胸を弾ませる観客もいるらしい。何より、公開処刑を望まない観客たちは盛大な拍手で支持した。

エセルバートはブラッドロー元帥と同じように、ジェレマイア八世の隣に座っている。蒼太がマーヴィンに付き添った。

審判係からルールの説明を受ける。

レース前だというのに、マーヴィンはリラックスしていた。

「ソータお兄ちゃん、キスして」

マーヴィンに言われるがまま、ぷっくりとした頬にキスをした。蒼太もマーヴィンからキスを返される。

甘えん坊とは裏腹に、サイラスは感心するぐらい礼儀正しい。無駄口はいっさい叩かず、付添いの若い侍従や歳の離れた姉とともに待機している。

……うわ、マーヴィンとは同じ年頃なのにこうも違うのか。

あのクソオヤジ元帥の息子なのにどうしてこんなにいい子なんだ。

裏の顔があるのか、と蒼太はブラッドロー元帥の跡取り息子を勘繰ってしまう。もっとも、観察している時間はない。

担当者に促され、マーヴィンとサイラスはジェレマイア八世の前に進み、正々堂々と戦うことを誓う。

マーヴィンは手のつけられないやんちゃだが、決して頭の悪い子供ではない。先ほど、レース前の儀式めいた宣誓を見せていたから、教えなくてもきちんとできた。ただ、サイラスと違って、観客に無邪気に手を振っている。

それ故、観客たちは天使のような出場選手に大喝采《だいかっさい》を送った。隣のサイラスはびっくりしたようだ。

「マーヴィン、手は振らなくてもいい。手は振るな。それも両手でっ」

蒼太が背後から注意したが、マーヴィンの耳には届いていない。ハラハラしているうちに、亜麻色の髪の子供と金髪の子供はスタート地点に立つ。

「マーヴィン、正々堂々、戦おう」

サイラスは戦う相手にも礼儀正しく挨拶をした。

「うん。サイラス、僕も正々堂々、戦う」

マーヴィンが無邪気な笑顔で返すと、サイラスもにっこりと笑う。

双方、コートネイがかかっている勝負だとわかっているのか、わかっていないのか、定かではないが、騎士の命をかけた勝負より断然いい。

子供たちの健闘を称えるアナウンスがあった後、ポインセチア祭の女王が指定の位置についた。

カランカランカラン。

運命のベルが鳴り響いた瞬間、マーヴィンとサイラスは物凄い勢いで走りだした。

小さな台も大きな台も、ふたりともなんでもないことのように乗り越えていく。網も瞬く間に潜り抜ける。細い平均台では亜麻色の髪の子供も金髪の子供も元気に走った。

「えぇーっ？　あの天使みたいな子、あんなに足が速くてすばしっこいの？」

サイラスは動きやすい服装だが、マーヴィンはリボンを靡《なび》かせながら疾走している。観客の度肝を抜いた。

「……え？　金髪の可愛い子が壁をよじのぼっているわ……あ、よじのぼったと思ったら飛び降りたーっ？」

聳《そび》え立つ高い壁をサイラスは慎重に上るが、マーヴィンは意気揚々と上っていく。

優勝者は壁からそろりそろりと用心深く下りるが、初出場者は鳥になったかのように勢いよく飛んだ。

ばっ、と飛び降りて着地成功。

なんのダメージも受けず、スタタタタタッ、と瞬時に走りだす。

「……ちょ、ちょっと、ストラトフォード公爵様側の子供、すごいわよ」

「……え？　サフォーク領主側の子供がリードした。引き離すぞ？」

高い壁の頂上から飛び降りたマーヴィンが先行し、物凄い勢いで引き離した。小石の道も砂場も平気だ。

きゃほ～い、とマーヴィンははしゃいでいるが、身長の何倍もありそうな大きな玉を転がすのも楽しそうだった。予選ではたくさんの子供がこの巨大な玉の時点で消えたというのに。

「……は、早い。強い。今までこんなすごい子供はいなかったんじゃないか？」

周囲の貴族たちは全員、天使の如《ごと》き美少年の逞しさに仰天している。ジェレマイア八世やエセルバートは動じていないが、ブラッドロー元帥は少なからず困惑しているようだ。

自慢の息子が負けるとは思ってもいなかったのだろう。

けれど、最後の最大の難関が先行するマーヴィンを阻《はば》む。

障害物競争はただ単に足が速いだけでは勝てない。運動神経や反射神経は言わずもがな、ある程度の腕っ節も必要だった。

ゴール前、仮面をして、後ろ手に縛られた大男が四人、砦のように立っている。この大男たちがゴールを阻もうとするのだ。子供たちには殴ることや蹴ることを許されているが、大男たちは攻撃しない。身体で子供たちのゴールを阻む。タイムリミットがあり、一定の時間を過ぎれば失格だ。障害物競走の完走者が少ない理由である。

……さぁ、マーヴィンはどうやって大男たちを乗り越えるんだ。

さっきのレースでサイラスはわざと遅れて、大男たちが対戦相手に集中した隙を狙ったんだよな。

一番大きな男の股の間を風みたいな早さで潜り抜けたんだ。

あれは頭脳戦だったよな。

サイラスは今回もそれを狙っているのか？

マーヴィンに策はあるのか。

策があってくれ、と蒼太が祈るような気持ちでレースの行方を見る。何せ、完走できない最大の難所が最後の大男の砦だ。

女性たちからは甲高い悲鳴が上がった。

「きゃーっ、人間の砦に天使が突撃するわーっ」

「金髪坊や、危ないわよ。吹き飛ばされるわよっ」

マーヴィンは命知らずの特攻隊長のように、並ぶ大男たちに真正面から突っ込んでいった。焦ったのは観客だけではない。

……あの野郎、なんの策も立てていねぇ。

馬鹿、体当たりしても無駄だ、と蒼太が自分のシナリオを後悔した瞬間。

「きゃーっ」

「うぉーっ」

一際甲高い悲鳴や野太い驚嘆の声が響き渡った。

「お兄ちゃん、邪魔っ」

マーヴィンは行く手を阻む大男に綺麗な飛び蹴りを決めたのだ。

ドスッ。

その場に倒れたのはマーヴィンではなく大男だった。隣にいた大男が瞬時にマーヴィンの進行方向に立つ。

だが、マーヴィンは勢いよく大男の顔に飛びついた。

「お兄ちゃん、邪魔ーっ」

ドスッ、大男はマーヴィンに張りつかれたまま、背中から勢いよく地面に倒れる。ピクリともしない。

すかさず、マーヴィンは三人目の大男の左足を思い切り引っ張った。

ドスッ、と三人目の大男はバランスを崩して尻餅をつく。

四人目の大男はサイラスの行く手を阻んでいたからマーヴィンを妨害できない。

もはや、マーヴィンの行く手を阻む者はいない。フリルやリボンを靡かせつつ、風のように走った。

「きゃっほ～い」

金髪きらきらの美少年がゴールを切る。

勝利の女神は必殺技を繰りだした小悪魔に微笑んだ。観客は総立ちで熱狂の渦《うず》に巻き込まれる。

蒼太の身体中の血も熱く滾《たぎ》った。

「……マーヴィン、さすがだ。何も考えていなくてもやってくれた。俺が見込んだやんちゃ坊主だけはある。いつも俺を振り回しているだけはあるぜ。すげぇっ」

ゴールを切ったマーヴィンが頬を紅潮させたまま、真っ直ぐに蒼太の胸に飛び込んできた。

「ソータお兄ちゃん、面白かったーっ」

天真爛漫《てんしんらんまん》なやんちゃ坊主らしい第一声に、蒼太の頬はだらしなく緩んだ。

「マーヴィン、よくやった」

「あのね。あの仮面のお兄ちゃん、ダンお兄ちゃんやキースお兄ちゃんやジョーイお兄ちゃんたちより弱いじょ」

日々、マーヴィンは最強の戦闘兵に戦いを挑んでいる。ダンたちと障害物競走の大男たちは比べるまでもない。

「そりゃそうだろ」

蒼太にしても幾度となくマーヴィンに勝負を持ちかけられた。そのつど、壮健《そうけん》な騎士たちに回したものだ。

「もっとしたい」

「またな……っと、ほら、サイラスもゴールした。握手しろ」

蒼太がマーヴィンを褒めている間にサイラスもゴールを切った。悔しそうな顔に騎士としてのプライドが見える。

マーヴィンが屈託のない笑顔で近づくと、サイラスは悪魔のような顔で睨みつけた。屈辱に塗れているのだろうが、礼儀正しかった子供の面影は微塵もない。

……やべ、俺が悪かった。

マーヴィン、そいつはヤバい。

やられる、と蒼太はサイラスの表情を見てマーヴィンを引き戻そうとした。

だが、マーヴィンのほうが早かった。今にも殴りかかりそうなサイラスに無邪気な笑顔で抱きついたのだ。ガバッ、とそれはそれは勢いよく。

「サイラス、楽しかった。もっとしよう」

マーヴィンに抱き締められ、頬に軽快な音を立ててキスされ、サイラスは驚愕している。あまりにあまりなマーヴィンの言動に毒気を抜かれたようだ。傍らにいる侍従《じじゅう》や歳の離れた姉、審判は口をポカンと開けている。

「マーヴィン、俺は握手をしろ、って言った」

蒼太は慌てて注意したが、マーヴィンの意識は戦い終えた相手に注がれている。左右の頬にキスをした後、当然というように言った。

「サイラス、僕にもキスして」

マーヴィンの甘ったれ丸出しのリクエストに、サイラスはきょとんとしている。夢想だにしていなかったのだろう。

「……キス？」

「うん」

「変な子」

サイラスが利発そうな顔を歪めると、マーヴィンは首を傾げた。

「なんで？」

「勝負の後は握手だよ」

「ママはいつでもキスだよ」

マーヴィンとサイラスのやりとりが聞こえているとは思えないが、観客たちから盛大な拍手が湧き起こった。

敗北のショックから立ち直ったらしく、サイラスはマーヴィンの手を引いて歩きだした。

「マーヴィン、陛下にご挨拶しよう」

「陛下にご挨拶？」

「マーヴィンの勝ちだ」

サイラスが悔しそうに言うと、マーヴィンは邪気のない笑顔を浮かべた。

「うん、僕、勝ったじょ」

天真爛漫なやんちゃ坊主に、プライドの高い小さな騎士は再戦を挑んだ。

「次は負けない」

「うん、僕も勝つじょ」

「次は僕が勝つ」

マーヴィンとサイラスは再戦を言い合いながら、ジェレマイア八世に挨拶をする。英邁《えいまい》な君主はとても楽しそうだ。

エセルバートは悠々と微笑んでいるが、ブラッドロー元帥は苦虫を噛み潰したような顔をしている。

だが、敗北を受け入れていた。

……あ、あの様子なら謀反を起こしたりはしない。

ブラッドロー元帥は噂ほど、悪い奴じゃないのかもしれない、と蒼太はジェレマイア八世やエセルバートに一礼するブラッドロー元帥を思った。

なんにせよ、蒼太のシナリオ通り、マーヴィンの勝利だ。

コートネイはエセルバートの手に戻った。


ジェレマイア八世の前で、エセルバートとブラッドロー元帥によってコートネイ所有の移行手続きは迅速に行われた。議会の面々や書記官が動き、エセルバートや蒼太は何もする必要がない。

「ストラトフォード公爵、コートネイは返却するが、砦の建設は続けてほしい。暴動の抑止力として必要ですぞ」

ブラッドロー元帥の愛国心を漲らせた申し出に対し、エセルバートは問い質すかのように聞き返した。

「ブラッドロー元帥、コートネイに砦は必要ですか？」

「今後のことを考慮すれば砦は必要です。各地で悪しき火種が燻《くすぶ》っている」

「コートネイに砦が必要だとは思いませんが、私も国の安寧《あんねい》を心から願っています」

「わしも国の安寧を心より願う。国のためなら、いつでも命を捨てる所存ぞ。何かあれば、すぐに連絡をくだされ。軍を率いて馳《は》せ参《さん》じる」

ブラッドロー元帥はストラトフォード公爵の軍事力が乏しいことを熟知している。真摯な目で非常時の援軍派遣を示唆した。

「元帥が国を愛する気持ち、よく存じています」

エセルバートがコートネイ所有のサインをして、無事に関所の鍵を受け取った。関所の鍵はいくらでも作り替えられるが、一種の伝統的なデモンストレーションのようなものだ。

蒼太はほっと胸を撫で下ろす。

……よかった。

これでマーガレットたちを助けられる。

ブラッドロー元帥も思ったより悪いクソオヤジじゃない。

クソオヤジはクソオヤジなりに国を思っていたんだ、と蒼太は安堵の息をついたが、お祭りは終わったわけではない。

あっという間に、マーヴィンとサイラスは仲良くなっていた。

「サイラス、うちにおいでよ。ソータお兄ちゃんのモグモグは美味しいんだよ。妖精のモグモグなんだ」

マーヴィンはサイラスと手を繋ぎ、目をキラキラさせて蒼太の料理について語る。

「マーヴィン、妖精のモグモグを食べているから強いのか」

「うん。あのね、レモンのケーキもココアのケーキも美味しい。僕はリンゴのケーキが好き。栗のケーキも好き」

「僕もリンゴのケーキと栗のケーキは好き」

「うんうん、一緒にリンゴのケーキと栗のケーキをモグモグ」

マーヴィンはサイラスから蒼太に視線を流して言った。

「ソータお兄ちゃん、リンゴのケーキと栗のケーキ、ちょうだい」

「……あのな……今日はない。シュトレンやビスケットが残っていたらやる。ケーキはまた今度だ」

蒼太はマーヴィンやサイラスを連れ、円形闘技場を後にした。サイラスに影のように付き従っている侍従や歳の離れた姉は一言も反対せず、嬉しそうに頬を綻ばせている。サイラスに初めてできた友人を歓迎する保護者のようだ。

実際、そうなのかもしれない。

マーヴィンと手を繋いでいるサイラスは子供らしく、とても楽しそうだった。敗北したショックは微塵もない。

人でごった返した英雄広場で一番長い行列を作っているのは、コーディが切り盛りしている屋台だった。

「……すげぇ。こんな行列……人気アイドルグループの解散公演の物販《ぶっぱん》か？」

蒼太が独り言をポツリと零した時、コーディの魂が迸《ほとばし》るような声が聞こえてきた。

「ソータお兄ちゃん、シュトレンがないよう。塩レモンもなくった……そろそろジャムも全種類、なくなる。ピクルスも……なんとかしてーっ」

コーディの叫びを裏付けるように、海兵隊員たちは補充する商品がなくて途方に暮れている。

「……えぇ？　あれだけ搬入したのに完売？」

蒼太は予想を上回る大盛況に仰天したが、もはや手の打ちようがない。船の在庫もすべて搬入したのだから。

それでも、こうやって並んでいる客たちをがっかりさせたくない。

蒼太は青い顔でオタオタしていた海兵隊員を呼び、必要な物を用意させた。料理人には腕がある。材料さえあれば、対処できるのだ。

「……な、何かここで作って出血大サービス……屋台といえば、たこ焼きにお好み焼きにソース焼きそば……無理だ。……チョコバナナもベビーカステラも無理……うぅ、じゃがバターの屋台はあった……あ、ドーナツ……うっ、酵母がないし、わざわざ発酵している時間がねぇ」

当初、ドーナツは諦めたが、屋台を回って決行した。

屋台の裏のちょっとしたスペースで、蒼太は大量の小麦粉とコーンスターチと重曹《じゅうそう》とミルクとバターと蜂蜜を捏ねだした。すべてほかの屋台で販売していた物品だ。ソーダブレッドと並んで重曹も売っていたから助かった。ドライイーストやベーキングパウダーがない時代、これから重宝《ちょうほう》するだろう。苦みがあるから気をつけなければならないが、それでなくても保存が難しい酵母で、生地を発酵させる時間がない時は代用できる。重曹にコーンスターチを加えれば、ベーキングパウダーに少し近づくはずだ。

ポインセチア祭はなんでもありのお祭りなのかもしれない。金物屋の屋台では大きな釜も鉄板も売っていた。竈にできる大きな石も小さな石も木べらも椀も桶もチーズ切りも火打ち石も薪も、金貨さえ出せば手に入ってしまったのだ。

日が暮れる前に、コーディや年長組の少女たちが完売の詫びをする。並んでいた客たちはそれぞれ落胆した。

しかし、蒼太が声を張り上げた。

「せっかく来てくれたのに申し訳ありません。商品はまたサフォークで承ります。いつでもいらしてください。完売した商品の代わり、特製ドーナツを差し上げます。どうか食べてくださいーっ」

屋台の隣で大きな石を竈のように組み立てて、薪に火をつけ、蒼太は大きな釜でたくさんのドーナツを揚げる。生地を輪にした定番のドーナツや生地を丸めただけのドーナツ、砕いた胡桃やヘーゼルナッツを混ぜたドーナツ、チーズを詰めたドーナツに即席カスタードクリームを詰めたドーナツなど、シンプルな揚げ菓子ばかりだが、味には自信がある。

消沈していた客たちも目の色を変えた。

ナイフやフォーク、皿を用意しなくてもいいのが屋台だろう。

揚げたばかりのアツアツのドーナツを串に刺し、客に配るのは子供たちの仕事だ。ひとりひとつずつ、希望を聞きながら渡す。

「……う、黒くない？　黒くないドーナツ？」

「……固くない……皮はぱりっとして美味しい。中はふんわりして美味しい……なんて、美味いんだっ」

「……妖精の揚げ菓子だね」

「妖精の揚げ菓子だとしか思えない」

客たちがドーナツに感嘆してくれるのはいいが、また変な方向に話が進化してしまう。蒼太は訂正したいが、ドーナツを揚げるのに必死でそれどころではない。キースやジョーイがひょっこり帰ってきてくれたから助かった。

ソータ、やったな、とジョーイの綺麗な目やキースの鋭い目は雄弁に語っている。元海賊たちはコートネイ奪還《だっかん》の裏の立役者だ。

何せ、王都にギリギリに到着させ、キースやジョーイに大聖堂に直行させたのは蒼太の指示である。

下船した後は王都民に紛れ込み、特別礼拝をすませ、大聖堂から出てきたダンやグリフィス、大司教の一団を足止めした。並みの男にはできない荒技だ。

キースやジョーイたちの陰の奮闘のおかげで、マーヴィンとサイラスの障害物競走に持ち込めた。

一番大変な役目を引き受けてくれてありがとう、と蒼太もドーナツを揚げながら視線で礼を言った。

「ソータ、街中、やんちゃ天使の噂で持ちきりだぜ」

ジョーイの挨拶代わりの言葉に、蒼太は満面の笑みを浮かべた。

「マーヴィンがやんちゃだとわかっていたが、どのくらいのレベルのやんちゃかわからなかった。レイブル一のやんちゃ坊主だって判明して納得したぜ」

「子供時代のダンも最後の大男を殴り飛ばして突破したらしい。ダン再来との評判だ」

確かに、マーヴィンの荒っぽい戦法はダンを彷彿させた。

「もしかして、ダンもマーヴィンみたいなやんちゃ坊主だったのかな？」

「マーヴィンみたいな甘ったれじゃなかったみたいだ。クソ生意気なガキだった、って陸軍元帥のお取り巻きから聞いた」

「陸軍元帥……クソオヤジ元帥が意外にも紳士なんでびっくりした」

予定外の子供同士の勝負であっても、尊大だと定評のある陸軍元帥はあっさりと受け入れた。陰で暴動を画策している気配もないという。蒼太は嫌悪感を抱いていたブラッドロー元帥の意外に一面に困惑した。

「悪い噂が一人歩きしただけで、根はそんなに悪いクソオヤジ元帥じゃないらしい。それにきな臭くなっているのは本当だから、コートネイの砦は必要らしいぜ」

ジョーイがブラッドロー元帥の新しい情報を口にした時、ドーナツを頬張《ほおば》る客たちの中から長身の不審者が現われた。

「……そうだ。我が伯父上は国を愛する心が強いだけだ。クソオヤジ元帥ではない」

不審者だと見間違えたが、ブラッドロー元帥の甥であるグリフィスだ。端整な騎士は激戦を潜り抜けてきたような風体である。髪の毛はボサボサであちこち擦り傷だらけ、せっかくの二枚目面も台無しだ。

もっとも、隣に立つダンもひどい。銀色の髪の毛は土に塗れている。

「……あ？　グリフィス？　ダンも？」

……よかった。

無事に帰ってきた、と蒼太は心の中でも一息つく。

「俺もダンがクソ生意気なやんちゃ坊主だったという噂を聞いている。ソータはどんなやんちゃ坊主だった？」

　グリフィスに棘のある声で尋ねられ、蒼太はドーナツを揚げながら答えた。

「俺は忙しい親に構ってもらえない寂しさからグレたガキだった」

　嘘はついていない。蒼太は今でも自分の愚《おろ》かさに気が滅入る。せっかく質問に答えたのに、十七歳の騎士は耳を傾けなかった。

「妖精使い、計ったな」

　グリフィスが射るような目で切り込むと、ダンが地を這《は》うような声で言った。

「ソータ、お前はガキの頃から悪巧みをするやんちゃ坊主だったのか？」

　やっぱりバレるよな、と蒼太は心の中で舌を出したが動じたりはしない。火加減を調整しつつ、ダンに青い空を意識した笑顔で言葉を返した。

「いやだなぁ、ダン、いったいなんのことだ？」

「惚けるな。計ったのはお前だな？」

　ボサボサ頭のダンに凄まれたが、蒼太はあざとく首を傾げた。

「なんのことだ？」

「あの妊婦はお前の罠だな」

　ダンの背後ではボロ雑巾《ぞうきん》と化したグレアムがへたり込んでいた。どうやら、立っていることさえままならないらしい。

「ダン、何を言っているのか、まったくわからない」

キサマが話せ、とばかりに口下手の権化のような銀髪の騎士が、亜麻色の髪の騎士に向かって顎を杓った。

「……あの時、おかしいと思った。思ったけれど、大司教様が同情するから従うしかなかった……元宰相の書記官、説明しろ」

文官が話せ、とばかりにグリフィスは座り込んでいるグレアムに回した。

「……最初からひっかかっていましたが、慈悲深い大司教様や教会関係者が一緒でしたから反対できなかった」

騎士は剣や槍を扱うのは巧みでも言葉の扱いは下手だ。グレアムも心得ているのか、どこか遠い目で経緯を語りだした。大聖堂を出た後、騎馬槍試合の場である円形闘技場に向かっている途中だったという。

人通りの少ない通りを進んでいると、若い妊婦が泣きながら飛びだしてきた。隠すようにショールを被っていたが、顔には無残にも殴られた跡があったそうだ。

『……大司教様、騎士様、どうかお助けくださいまし』

妊婦に助けを求められたら、大司教は言わずもがなダンやグリフィスも耳を傾ける。先頭の若い騎士が温和な声で妊婦に聞いた。

『いかがした？』

『ポインセチア祭だからと、夫とお義兄《にい》さんがずっとお酒を飲んで……ふたりとも酔っぱらって暴れています。このままではお義母《かあ》さんやお祖母《ばあ》さんを殺してしまう。どうか夫とお義兄さんを止めてください』

妊婦は自分の危険も顧《かえり》みず、夫や義兄を止めようとして暴力を振るわれたのかもしれない。切れた口元にこびりついた血が哀れだ。

……今年もか。

よくあること、とグレアムは思った。

ポインセチア祭だけでなく大きな祭りになると羽目《はめ》を外し、泥酔《でいすい》して大暴れする酒飲みは珍しくない。毎年、死傷者が出ている。

放置すれば甚大な被害が出るかもしれない。

だが、これから領土と自尊心をかけた騎士による命のやりとりがある。その場にいる騎士は担当者も含め、一瞬、躊躇《ためら》ったという。

『……大司教様、お慈悲を……騎士様、お慈悲を……夫も義兄も力自慢の大男なんです。このままではご近所さんも殺してしまう』

妊婦に祈るように手を合せられ、拒《こば》める者はひとりもいない。何より、騎馬槍試合の開始時刻まで余裕があった。いざとなれば、ダンとグリフィスは馬を飛ばせばいい。

大司教の指示により、ダンやグリフィスたちは泥酔者が大暴れしているという民家に行き先を変えた。

　妊婦の案内に従って、華やかな王都の中心とは真逆の道に向かったという。つまり、騎馬槍試合の会場からますます遠ざかる。そのうえ、横道に入ったと思えば、人気のない路地裏を進み、背の高い木々が覆い茂る森の中に進んだ。

『……王都にこんなところがあったのか？』

　ダンが低い声でボソリと零すと、グリフィスは周囲を見回しながら言った。

『王都といっても広い。森も林も湖もある……なれど……元宰相の書記官はどう思う？』

『……ご近所がいると言っていましたが、森の中に集落……？　このようなところから妊婦が助けを求めに来たのですか？』

　不自然ではないですか、とグレアムが思案顔で疑念を投げると、ダンは妊婦の後ろ姿を眺めながら指摘した。

『そうだな。俺たちに会う前、騎士も聖職者もいたはずだ』

　おかしい、とグレアムやダン、グリフィスが同意した時、鬱蒼《うっそう》とした森の中に木こり小屋が現われた。妊婦は大司教や若い騎士を急かし、木こり小屋に飛び込んでしまう。

『大司教様？』

　ダンやグリフィスたちは大司教を追って、木こり小屋に飛び込んだ。

『……え？』

なんの変哲もない木こり小屋には、数え切れないぐらいの葡萄酒やリンゴ酒の空瓶が転がっていた。古い木のテーブルにはナッツやチーズの山と封切り前の葡萄酒やエールが何本も並んでいる。

一目で大酒飲みの部屋だとわかるが、これといった争った形跡は見当たらない。第一、人の気配がしない。

それでも、妊婦は金切り声で叫びながら奥の部屋に消えた。

『あなた、お義兄さん、やめてちょうだいーっ』

慌てて、ダンとともにグレアムも奥の部屋に飛び込むと、飲み物や食糧が保管されている倉庫だった。汚い床には木こり用の衣類が何枚も脱ぎ捨てられているが、泥酔者どころか、いるはずの妊婦もいない。

『……妊婦が消えた？』

グレアムが呆然と立ち竦むと、グリフィスの叫び声が響き渡った。

『ドアが開かないーっ』

ドンッ、とドアを体当たりで開けようとする音が連発する。

『閉じ込められた？』

『誰もいないぞっ』

『罠か？　どこの罠だ？　火をつけられたら終わりだっ』

密室と化した木こり小屋の中、騎士も教会関係者も真っ青な顔で出口を探す。罠ならば、火をかけられたらおしまいだ。

もっとも、唯一人、常と変わらず、大司教は十字を切った。

『先ほどの妊婦は神のお使いではないのですかな。遙《はる》か昔に禁じられた命の試合を咎められたのかもしれぬ』

大司教の言葉を聞き、グレアムやダンは思い当たったという。古式にのっとった騎馬槍試合にはエセルバートが反対していた、と。

『大司教様、今さら何を仰いますか。止めるならばもっと先に止めてほしい。試合は今日です』

騎馬槍試合担当の騎士が土色の顔で言ったが、大司教は慈愛に満ちた微笑を浮かべ、聖書に綴られている神の言葉を唱えだしたという。まるで、ミサだ。

『ダン、計ったな』

グリフィスが険しい顔つきで肩を掴むと、ダンは煩そうに払った。

『グリフィス、馬鹿か』

『初敗北を回避するため、こんな手を使うとは騎士の風上《かざかみ》にもおけん』

『初敗北はお前だった』

『……たいした自信だ。……なら、ダンが言う通り、負けるのが俺だったらどうしてこんな手を使う。これで今日の試合は中止だ』

グリフィスにはわざわざ騎馬槍試合を中止させる理由が見当たらない。けれども、グレアムだけでなくダンにもすでに裏が見えていた。

『命を賭けてもいいが、ソータだ』

『ソータ？　ストラトフォード公爵家の妖精使いのソータ？　なぜ？』

『あいつは公開処刑を止めたい』

お前を公開処刑させたくないんだ、とダンは鋭敏な双眸で続けた。グレアムも同意するように相槌を打つ。

『……ソータだとして、今日の試合を中止して、コートネイはどうするんだ？　ソータは裁判に持ち込む気か？』

『ソータのことだから違う手を使っているさ』

『もし、それが真実ならばダンも騙されたのか？』

味方のはずだ。

味方が騙すのか、とグリフィスは信じられないといった風情で銀髪の騎士を見つめる。

蒼太という東洋人を知らない所以だ。

『ソータならやる』

ダンが腹から絞りだしたような声で断言すると、グリフィスは瞼に東洋人の家令を浮かべたらしい。

『あんなあどけない顔をして悪魔使いなのか』

『……悪魔使いだとは思わないが……すごい』

『すごい革命児だとは聞いている』

『トンカツが特に美味い』

『トンカツ？』

最強の名を競うはずの騎士たちの話題が分厚いトンカツに逸れ、グレアムは呆れ顔で口を挟んだ。

『そこのふたり、呑気《のんき》にソータについて語り合っている暇はありません。火をかけられて焼死する危険はないでしょうが、どんなに待っても助けはこないと思います』

下手をしたら、ここで一晩も二晩も明かすことになるだろう。大司教がいるから、一刻も早く脱出しないと混乱を招く。

『……そのうち、俺を探して、ブラッドロー家の誰かが来る』

名家出身の騎士ならではの思考に、グレアムは軽く手を振った。

『ソータの指示で動いているのはキースたちです。きっと、ブラッドロー家もポインセチア祭関係者も大聖堂関係者もここまで辿り着けない……阻まれるでしょう。よく考えてみてください。この木こり小屋に誘導されるまで、ほとんど人に会いませんでした。キースたちの工作です』

　雷名を轟かせた元海賊は海の上だけでなく地上でもいかんなく機動力を発揮する。元海賊として培ったルートも駆使したはずだ。

『……隻眼の悪魔一派ならできる……が、大司教様もいるのにどうしてそんなに俺たちを閉じ込めるんだ？』

　グリフィスもキースたちの力は認めている。ただ、理由がわからないらしい。崇拝《すうはい》している大司教がいるからなおさらだ。

『面倒だからでしょう』

『……面倒？』

　グリフィスは目を点にしたが、ダンは仏頂面で部屋のあちこちを調べだした。妊婦が出ていった出口があるはずだ。

　そうして、ようやく床の一部が地下道に続いていることを発見した。

　けれども、地下道は途中から緩く土で塞がれていたという。ダンやグリフィスたちは土を掘りながら地上に出たそうだ。

　ようやく、木こり小屋から全員、脱出した時、騎馬槍試合は終わっていた。

　大司教や教会関係者を大聖堂に送ったが、誰一人として慌てていなかったという。教会関係者曰《いわ》く『覆面の盗賊にさらわれたと聞きましたが、ダン殿とグリフィス殿がついているから、大司教様は無事だと信じていました』だ。

覆面の盗賊云々《うんぬん》の噂を吹聴したのが、キース一派だと調べるまでもない。

その足でグレアムやダン、グリフィスは一息つくこともせず、騎馬槍試合の場に駆けつけたという。

すでに円形闘技場ではなんの披露もなく、観客もおらず、毛玉猫が観客席に落ちていたブレッドや焼き菓子のクズを食べていたという。

そこまで一気に語り終えたグレアムは、なんとも形容し難い哀愁と鬱憤を発散させた。

「ソータ、一言でいいから何かほしかった」

幽鬼を背負ったような秀才に凝視され、蒼太はザル代わりの籠に揚げたばかりのドーナツを差しだした。

「グレアム、お疲れ様。大変だったたな」

蒼太の全精力を注いだ笑顔に、グレアムは騙されたりはしない。確かめるような声音で言い放った。

「ソータの作戦ですね？」

「違うぜ」

……落ち着け、俺。

全部気づかれていても認めなければなんとかなる。

全力で惚けるぜ、と蒼太はさりげなくジョーイやキースに合図を送った。

しかし、ジョーイやキースは銀髪の騎士と亜麻色の髪の騎士に険しい形相で追求されている。凄まじい迫力だ。

「航海を遅らせたのもソータの指示ですね。キースならば遅れたりしない」

グレアムに顔を覗き込まれ、蒼太は油を落としたドーナツの山を差しだした。

「……まぁ、コートネイは無事に戻ったんだ。ドーナツでも食えよ」

「こんな手を考えているとは、夢にも思わなかった」

疲れすぎて食欲が湧かない、と端麗な文官は独り言のように続けた。命の火が尽きかけているようなムードだ。

「マーヴィンだ。マーヴィンがやってくれた」

蒼太は傍らに置いていた桶の水を木のコップに入れ、グレアムに差しだす。

「ダン再来と評判になっていました。あのサイラスに勝つとは素晴らしい」

グレアムは掠れた声で言ってから、木のコップを受け取った。飲み干す気力がないらしく、ほんの一口だけだ。アルコールのほうがいいのかもしれないが、付近の屋台では売っていない。

「子供っていいな」

蒼太の視線の先には、仲良く並んで座ってドーナツの食べ比べをするマーヴィンやサイラス、やんちゃ坊主たちがいた。

「クリーム入りだじょ」

マーヴィンが揚げたてのクリームドーナツを一口囓《かじ》り、隣のサイラスに回す。サイラスも一口囓ると、隣にいるビリーに回す。ビリーも一口囓ると、隣のロニーに回す。ロニーも一口囓っては隣の子に回す。一口ずつ、分け合っているのだ。

「ナッツ入り。美味しいじょ」

マーヴィンはナッツ入りのドーナツも一口囓ると、隣のサイラスに渡した。サイラスもナッツ入りのドーナツを一口囓ると、隣のビリーに回す。

「うん、美味しい」

あっという間に、サイラスもやんちゃ坊主軍団の仲間入りだ。傍目から見れば、もうずっと前からの仲良し同士に思えてならない。

サイラスに付き従っている若い侍従や姉は、嬉しそうに陰から見守っているだけだ。いつしか、母親らしき女性も貫禄のある初老の男性も護衛の騎士たちも数人の侍女も集っているが、口を挟むことはしないし、強引に連れ帰ろうともしない。

「ソータに完敗」

グレアムに白旗を掲げられ、蒼太は首を振った。

「……俺？　違うだろう」

「ダンとグリフィスを宥めてください。最強を自負している騎士たちの高い挟持《きょうじ》を抉《えぐ》ったようです」

グレアムが言った通り、ダンとグリフィスのべらぼうに高い自尊心を傷つけたことは間違いない。だからこそ、ジョーイやキースに圧力をかける気持ちがわかる。

……あれだ。

トンカツだ。

肉体派野郎を宥めるには分厚い肉のトンカツしかない、と蒼太は念のために用意していたトンカツも揚げだした。

リサーチした通り、周囲の屋台で生の豚肉も仔牛も鶏肉も卵も売っていたから助かる。こういうこともあるかと、ある程度、パン粉は作って持ってきた。とっておきの海塩もスパイスも、下船前夜に作った特製デミグラスソースもある。

「ジョーイ、妊婦に化けて、俺たちを騙したのはお前だろう」

グリフィスは妊婦がジョーイだと思い込んでいる。

……否、思い込みではない。

ジョーイがそういった道のプロの手を借り、妊婦に扮して騙したという。王都には各種に通じた特殊専門家が潜んでいると聞いた。

今回、プロの女性を雇うことも考えたが、いろいろなリスクを考慮し、ジョーイが妊婦に変装したのだ。

結果、上手くいった。

ダンやグレアムは騙せないと覚悟していたが、グリフィスにまで気づかれるとは思わなかった。そもそも、こうやって、グリフィスも一緒に顔を出すとは思わなかった。

……おいおい、どうしてそっちの腕自慢の大男たちも一緒に仲良く乗り込んでくるんだよ。

マーヴィンとサイラスと一緒か？

最強を競う大男も子供も同じなのかよ、と蒼太は心の中で突っ込んでしまう。

ダンとグリフィスには共闘しているかのような無言の空気が流れていた。

「グリフィスお坊ちゃん、これだから名家のご子息は困る。俺のどこが妊婦だ？」

ジョーイは大袈裟に肩を竦《すく》めたが、そこはかとない焦燥感《しょうそうかん》は漏れている。グリフィスに責められると予想していなかったのだろう。

「普通の女に化けていたらわかった。暴力を振るわれた妊婦に化けていたからわからなかった。上手く化けたな」

「お坊ちゃま、やめてくれ。くだらねぇことを言ってないで、ダンと一緒に妖精料理でも食えよ。美味いぜ」

妖精料理でも悪魔料理でもいいからこいつの口を封じてくれ、というジョーイの本心がだだ漏れる。

「グリフィス、ダン、キース、何をしているんだ。トンカツが揚がったぜ。食えよっ」

蒼太は揚げたばかりのトンカツを盛った籠を手に、ダンやグリフィスを大声で呼んだ。

こんな時でもきっちりと二度揚げしている。ただ、ナイフもフォークも皿もない。串は刺したくない。ナプキン代わりの布でトンカツを挟む。

どんなに激昂している男でも揚げたばかりのトンカツの誘惑には勝てない。何より、空腹のはずだ。

ダンやグリフィスは当代随一の苦い顔で、布に包んだトンカツを受け取った。キースやジョーイにしてもそうだ。

ガブリ、と一口食べた後、ようやくひどい渋面が和らぐ。

「……どうだ。美味いだろう。少々、いやなことがあっても美味いもんを食えば平気……ん、どんなに大変なことがあっても美味いメシを食えばチャラだ」

蒼太がドヤ顔で先輩料理人譲りの持論をブチ撒けると、ダンやグリフィスは呆れたように眉を顰めた。

けれど、文句は出ない。

美味しいトンカツを食べ、怒りが鎮静化してきたのだろう。

依然として、マーヴィンとサイラスは仲良く並んでドーナツを分け合って食べている。

ダンとグリフィスも肩を並べて、黙々とトンカツを咀嚼している。双方、早くも二枚目のトンカツに手を伸ばした。屈強な騎士たちにはなんのわだかまりもないように見える。

予定通り、古式にのっとった騎馬槍試合が行われていたら、どちらかが処刑されていたのだ。

今になってしみじみとエセルバートが反対した気持ちがわかる。たとえ、コートネイを奪還しても、グリフィスが公開処刑されたら喜べなかった。

「……騎馬槍試合が中止になってよかった」

蒼太がポロリと本心を吐露《とろ》すると、傍らにいたジョーイは真顔でコクリと頷いた。きっと、キースも同じ気持ちだ。

「……さぁ、二度揚げしたトンカツだ。もっと食えーっ」

蒼太はトンカツを何枚も揚げ続けた。ダンやグリフィスだけでなく、わらわらと集ってきた各ギルドのメンバーたち、議会のメンバーやブラッドロー元帥関係者にもトンカツを配る。厚切り豚肉とチーズ入りのドーナツも揚げたら好評だった。

トンカツとドーナツを同じ鍋の同じ油で揚げるのは控えたほうがいいとか。油を変えたほうがいいとか。そういう揚げ物の注意もどこかに吹き飛んだ。

これはそろそろだな、と料理人のカンでアウトだと思ったら古い油を捨てて新しい油を注ぐだけだ。これも屋台の醍醐味《だいごみ》だろう。

トンカツやドーナツを食べた感動の声が木霊《こだま》した。

「美味い。妖精使いの揚げ物は美味いーっ」

「妖精使いだとしか思えん美味さじゃーっ」

「すごい。噂以上の美味さだぜっ」

子供たちの弾けるような笑顔と笑い声がいい。

「ソータお兄ちゃんのドーナツもトンカツも美味しい」

「うんうん、とっても美味しい」

蒼太は最高の気分だった。

たとえ、熱い油が飛び跳ねてあちこち火傷《やけど》してもなんのことはない。ありったけのトンカツやドーナツを揚げ続けた。

初めて参加したポインセチア祭が最高の気分のまま幕を閉じたのは言うまでもない。

第九章

ポインセチア祭が終わり、慌ただしく王都の港から出港した。

ビタミンの説明もできなかったし、料理人ギルド長と再会できなかったから心残りだが、一刻も早くコートネイのマーガレットを救いだしたい。

出航前、グリフィスから聞いたが、ブラッドロー元帥はコートネイの領民が飢餓に喘いでいると知らなかったという。

『あの日、陛下の前でソータは伯父を罵った。俺も気にかかっていたことがあったから、伯父たちに隠れ、密かにコートネイの領民について調べた……コートネイ担当者と徴税役人が私腹《しふく》を肥《こ》やしていた』

グリフィスはブラッドロー元帥に向けられた罵倒の内容に思い立ち、従者と極秘で動いたという。その結果、領民を搾取《さくしゅ》している担当者と徴税役人の悪事を掴んだらしい。ブラッドロー元帥はコートネイの現状をまったく知らなかった。何せ、虚偽《きょぎ》の報告ばかり受けていたからだ。

『グリフィス、見直した。調べてくれたのか』

蒼太が感心したように言うと、グリフィスは精悍な顔を歪めた。

『伯父上はよくも悪くも武芸一辺倒の騎士だ。統治に長《た》けていない。ご自身の欠点を熟知しているから、優秀な家臣に統治を任せる……けれど、信じた家臣が裏切っていた』

グリフィスの口ぶりから、真のコートネイの実情を聞いたブラッドロー元帥のショックが手に取るようにわかる。直に接触した無骨な陸軍元帥は、領民を虫けらのように蔑《さげす》むタイプではない。

『……それ、どこにでもある。先代ストラトフォード公爵もエセルバート様もそうだ』

『コートネイの領民を救ってやってくれ』

俺が騎馬槍試合に勝った後、担当者や徴税役人を罷免《ひめん》してコートネイの改革に乗りだすつもりだった、とグリフィスは密かに練っていたブラッドロー元帥の計画を口にした。

『当たり前だ』

『コートネイの砦は必要だ。砦のことも頼む』

『それについてはまた後で。応相談』

ジョーイやキースから新しい情報を入手したが、コートネイの砦が重要であることは間違いないらしい。エセルバートに砦建設だの、防衛だの、できるとは思えないから頭が痛かった。帰ったら、ダンやグレアムも問答無用の必殺技で巻き込み、キースとともにじっくりと話し合うつもりだ。

蒼太がぼんやりと大空を眺めていると、マーヴィンの声が風に乗って聞こえてきた。

「海にソータお兄ちゃんが落ちてるじょーっ」

「マーヴィン、それはソータじゃない。やめろーっ」

ジョーイの掠れた絶叫の後、やんちゃ坊主たちの可愛い雄叫びも響いてきた。

「ソータお兄ちゃん、ぽっとん」

「ソータにいにでちゅ」

「ソータにいに、お魚さん」

いったい何が起こっているのか、想像さえできない。それでも、蒼太は慌てなかった。まず、自分を落ち着かせるように深呼吸する。

「マーヴィンは単なるやんちゃ坊主じゃなかった。レイブル王国随一のやんちゃだった。国一番のやんちゃだから何をしても驚かない……これからも国一番のやんちゃ坊主を育てていくんだよな……無事に育つのか？　怪我はしてもいいから育てよ」

死ぬこと以外は掠り傷、と蒼太はやんちゃ坊主たちの騒動に向かって歩きだした。

……つもりだったが、やめた。どうせ、サフォークに戻ったら目まぐるしい日々が始まる。一仕事終わったばかりなのだ。少しぐらいゆっくりしたい。

ジョーイや海兵隊員の叫びを無視し、蒼太は真っ青な空と海を眺め続けた。どこから空でどこから海か、目を凝らして見ないとわからないくらいどちらも綺麗な青だ。今までこんなに心が澄む景色を見たことがなかった。

キースが舵《かじ》を取る船は予定より早く、サフォークの港に帰港した。出迎えの常連客や領民たちにもみくちゃにされる。マーヴィンの活躍が知れ渡っているらしく、やんちゃ坊主キングは大喝采を浴びた。

けれど、マーヴィンは褒め称えられる理由がわかっていないようだ。

「サイラスとかけっこした。楽しかったじょーっ」

キスとハグの嵐の後、エセルバートや子供たちは馬車を連ねてストラトフォード城に帰る。シンシアに張りつかれているダンやグレアムも城に直行だ。

蒼太はキースとジョーイとともにコートネイに向かった。一刻も早く、マーガレットを救出したい。

留守にしている間、海兵隊の待機メンバーが食事を例の壁の穴に届けていた。毎日、決まった時間にジミーは現われ、食事を受け取ったという。マーガレットや弟妹、親戚が亡くなったという連絡はない。

それでも、心配でならない。

もはや、コートネイはブラッドロー元帥の領地ではなくストラトフォード公爵家の領地だ。キースが手綱を握る馬車は堂々と関所からコートネイに入った。今もブラッドロー元帥側の役人が立っているが、数日後、コートネイの関所は取り壊される。新しい領地の境界線にできる関所は今後の課題のひとつだ。

関所付近はそうでもないが、コートネイは進めば進むほど廃《すた》れている。レンガ造りの家が建っていても、煙突から煙はいっさい出ていない。畑も荒れ放題で収穫物は望めないだろう。

何より、人が歩いていない。草むらにいるのはガリガリに痩せた野犬であり、倒壊した建物に止まっているのはカラスの大群だ。王都の華やかさを目の当たりにしただけに、凄まじい格差をいやがうえにも感じる。

鬱蒼とした木々の間を通り抜けると、廃墟としか思えない集落が広がっていた。見覚えがある風景だ。

「キース、ここだ……あ、あの倒れかけの家だ」

マーガレットやジミーが暮している家に辿り着き、蒼太は馬車から飛び降りた。ジョーイは毛布を手に続く。

「マーガレット、ジミー、迎えに来たぜっ」

蒼太がノックとともに飛び込むと、マーガレットは寝台に横たわっていた。そばにいたジミーが飛びついてくる。

「ソータお兄ちゃんーっ」

「ジミー、もう大丈夫だ。コートネイはエセルバート様の領地になった。これからみんなでエセルバート様のところに行くぞっ」

蒼太が小さな弟を抱き上げ、ジミーと一緒に馬車に乗り込む。ジョーイが小さな妹を抱き、キースがマーガレットを抱いて馬車まで運んだ。

「……夢じゃないの？　……夢なら醒《さ》めないでほしいわ……」

マーガレットは夢でも見ているような顔で呟いた。

そうして、ストラトフォード城で夢の再会を果たした。

「……エ、エセルバート様？　夢じゃないんですね？」

マーガレットの感極まった言葉に、エセルバートは慈愛に満ちた微笑で応えた。

「マーガレット、今まで苦しい思いをさせました。もう二度とマーガレットにも子供たちにも苦しい思いはさせません」

「エセルバート様、お会いしたかった……子供たちにも会いたかった……私の愛しい子供たち……」

マーガレットが大粒の涙を流すと、マーヴィンややんちゃ坊主たちが抱きついた。ほかの子供たちも競うように飛びつく。

「ママ、ママ、ママ・マーガレット、会いたかったーっ」

「ママ、今までどこ行ってたでちゅかーっ」

「ママ、どちていなくなった？」

マーガレットに子供たちのキスの嵐が降り注ぐ。特に母乳をもらった子供はマーガレットにしがみついて離れようとしない。

「おいっ、マーガレットを押し潰すなよっ」

蒼太はハラハラしたがエセルバートは止めないし、マーガレットの妹やメラニーも涙目で笑っている。

セアラとマーガレットの赤ん坊も元気よく雄叫びを上げた。

「エセルバート様、これで終わったわけじゃないからな」

コートネイを取り戻しても、餓死寸前の領民はマーガレットの一族だけではない。大勢の領民が逼迫している。さらに砦の問題が残っていた。砦の建設を続けるにしても、中止するにしても、多大なる労力と金がかかる。誰かに任せたいが、人選を誤ったら元の木阿《もくあ》弥《み》。

いずれにしても、のほほんと神に祈っている暇はない。

「そうですね。ソータに早馬で多くの頼りが届いていました。妖精料理の注文が多い模様……」

　エセルバートの言葉を遮るように、蒼太は声を張り上げた。

「妖精料理の注文？」

「軽く目を通しましたが、ポインセチア祭の屋台で販売した妖精料理を大量注文したいという船主の依頼が多い」

　エセルバートは伝統的な細工が施されている机にある手紙の束を差した。もちろん、蒼太も慌てて確認する。

　どれもこれも内容は同じ。

　すなわち、屋台で完売したシュトレンや塩レモンやビスケットやジャムやピクルスの大量注文だ。どの依頼人も壊血病対策の妖精料理だと思い込んでいる。

「……あ、あれだけ説明したのに俺は妖精使いのまま……妖精料理のままかよ……ビタミンの名の妖精の販売だと？　……え、料理人ギルド長も誤解しているのか？　……げげっ、ブラッドロー元帥の奥さんも妖精料理の注文？　……げげっ、奥さんの実家の伯爵家は妖精使いとマーヴィンの招待？　……あぁ、あの祭りでサイラスを陰から見守っていた貫禄のあるお爺さんが伯爵なんだ……うわ……」

　レモンが毒物ではないとわかってもらえたし、長期保存食も認められたらしい。

　けれど、栄養学革命は頓挫《とんざ》した。

妖精革命を果たすしかないのか。
……いや、まだ諦めるのは早い。
栄養革命はこれからだ。
メシまず革命、進行中。

コスミック文庫α

異世界《いせかい》メシまず革命《かくめい》3
～やんちゃ坊主には揚げたてドーナツ～

【著者】 加賀見《かがみ》 彰《あきら》
【発行人】 杉原葉子
【発行】 株式会社コスミック出版
〒154-0002 東京都世田谷区下馬 6-15-4
【お問い合わせ】 ―営業部― TEL 03(5432)7084 FAX 03(5432)7088
―編集部― TEL 03(5432)7086 FAX 03(5432)7090
【ホームページ】 http://www.cosmicpub.com/
【振替口座】 00110-8-611382
【印刷／製本】 中央精版印刷株式会社

ISBN978-4-7747-6219-7 C0193